お人好し底辺テイマーがSSSランク聖獣たちともふもふ無双する 4

A L P H A L I G H T

大福金
daifukukin

アルファライト文庫

銀太
SSSランクのフェンリル。
伝説の存在の割に、
性格は天然。
ティーゴの『使い獣』。
ティア
もふもふな
慈愛《じあい》の聖龍で
『使い獣』の一匹。
ティーゴが大好き。
ティーゴ
巻き込まれ体質の
心優《やさ》しき魔物使い。
Sランク以上の魔物や
魔獣のみを使役《テイム》出来る。
スバル
SSSランクのグリフォン。
何かと大袈裟《おおげさ》に
表現する。
ティーゴの『使い獣』。
Main Characters
登場人物紹介

ベヒーモス
パールの知り合いの
牛魔獣。濃厚《のうこう》な
ミルクを作る。
パール
大賢者《だいけんじゃ》カスパールが
生まれ変わった姿。
実は魔王。
キラ
空が飛べない
ミスリルドラゴン。
気弱だが仲間思い。
カーバンクルの兄妹
狐《きつね》に似た伝説の神獣。
とある事件に
関わっている。

ケルベロス
ティーゴの『使い獣』。三つある頭が分離《ぶんり》して、
今は別の個体として生活中。人族に化けることも。
一号(暁)
自由闊達《かったつ》な
元気っ子。
三号(樹)
寡黙《かもく》ながら
頼《たよ》れる存在。
三号(奏)
天真爛漫《てんしんらんまん》だが
すぐキレる。
ハク
ロウ
キュー
可愛《かわい》いが臆病《おくびょう》な
ガンガーリス。
レインボーマスカットを
育てている。
ジャイコブウルフ
歌って踊《おど》るのが好きな
狼魔獣。群《む》れごと
ティーゴの仲間となった。

1　竹ノコが欲しい

俺は魔物使《テイマー》いのティーゴ。「Sランク以上の魔物しか使役《テイム》出来ない」という謎《なぞ》のスキルを持っていて、沢山《たくさん》の仲間と一緒に旅をしている。

フェンリルの銀太にグリフォンのスバル、ケルベロスから分離した一号、二号、三号に、幼龍《ようりゅう》ティア、猫のパール……その他にもいっぱい！

さすがに全員を連《つ》れては歩けないから、一部の仲間には異空間で暮《く》らしてもらっている。この異空間がまた凄《すご》くて、自然は豊かだし、家もあるし、畑まであるんだ。野宿せずに済むのはラッキーだよな～。

そんな俺達は、ティアの故郷でもあるエルフの里へと向かった。卵の頃に親と離《はな》ればなれになってしまったティアを、無事に親龍へと対面させることが出来、一安心。あとはこの里でのんびり滞在《たいざい》するだけ……と思ったら、エルフの女の子、マインが行方《ゆくえ》不明になったと大騒《おおさわ》ぎに！

銀太やスバルの協力のおかげで無事にマインを見つけることは出来たんだけど……何と、彼女はミスリルドラゴンと一緒だったんだ。

ミスリルドラゴンの名前は「キラ」といって、仲間に置いて行かれたらしい。マインは友達であるキラのために、一緒にドラゴン渓谷《けいこく》という場所まで行こうとしていた。

いくら何でも小さな女の子にそんな長旅はさせられない。俺と銀太達は相談して、代わりにキラをその渓谷まで送っていくことにしたのだった。

★　★　★

キラを渓谷まで連れて行くことは決めたけど、今すぐって訳にはいかない。俺達はこの後どうするかをみんなで話し合った。

とりあえず「エルフの里に再び転移しようか」と話をしていたら、急にスバルが竹を持って帰りたいと言い出して……。話は少し遡《さかのぼ》るけど、マインを探《さが》している途中に竹林があって、俺達は一度そこで竹ノコを手に入れた。でも、スバルはそれだけだと不満足らしい。

そんな訳で、俺達は竹林が生《お》い茂《しげ》っていた場所まで、プラプラと歩いて向かっている。

スバルが言うには、『主《あるじ》の大好物！　竹ノコを異空間で育てたい』んだと。この「主」というのは俺ではなく、大賢者《だいけんじゃ》カスパール様のこと。三百年も前の偉人《いじん》なんだけど、その当時、スバルや一号達と共に暮らしていたんだ。

スバルは本当に大好きなんだな、カスパール様のこと……あっ、今はパールか。

カスパール様は人族だから当然もう亡《な》くなっているんだけど、魔王として生まれ変わってこの時代に生きているんだ。で、色々あって、今は猫のパールとして俺達の仲間となっている。

竹を持って帰ったら、パールの奴、喜ぶんだろうな。

喜ぶパールの顔を想像したら……俺の顔も緩《ゆる》んでしまう。

『ティーゴの旦那《だんな》？　何ニヤニヤしてんだよ？』

「うっ……うるさいな！」

ニヤニヤしているところをスバルに見つかり、早速いじられた。くそう……お前だって同じ気持ちの癖《くせ》に。

俺はごほんと咳払《せきばら》いをして、マインに気になっていたことを尋《たず》ねる。

「ところでさ。キラって名前はマインが名付けたのか？」

「えへへ……そうだよ。ミスリルドラゴンって長いし。キラちゃんはいつもキラキラ輝いて綺麗《きれい》だから『キラちゃん』なんだよ！」

「そうか……いい名前だな」

俺とマインがキラの名前のことを話していると、少し恥《は》ずかしそうにキラも話してくれた。

『オデには、カッコ良過ぎ……でも……マインが付けてくれた……この名前、お気に入りだ』

「そんなことない。似合ってるよ？　キラ」

『……オデ、嬉《うれ》しい……お前はいい奴……』

俺の言葉に、キラが嬉しそうに翼を広げる。

「お前じゃないよ。俺はティーゴだ！」

『ティーゴ……』

「このフェンリルが銀太。そしてグリフォンのスバル。俺の肩に乗っているこのピンクの龍がティアだ」

キラに大好きな仲間達を紹介した。すると、スバル達も挨拶《あいさつ》をしてくれる。

『おう！　スバルだ、よろしくな？　キラ』

『銀太だ。よろしくなのだ』

『ティアよ。ヨロシクなの！』

三匹に元気良く話しかけられ、キラは戸惑《とまど》う。

『あ……あ……オデ……名前呼んで、いいのか？』

「何言ってんだよ！　ドラゴン渓谷に一緒に行くんだろ？　俺達はもう友達だ！」

『おう！　そうだぜ？』

俺とスバルがそう言うと、キラがビックリした顔で俺達を見る。

『オデに……友達……？　こんなに……いっぱい……オデ、オデ、幸せ……だ』

「良かったねー、キラちゃん！」

そんなキラの姿を見て、自分のことのように嬉しそうに微笑《ほほえ》むマイン。

キラはというと、瞳をウルウルさせて黙《だま》ったまま、それ以上は何も話さなかった。


それから歩くこと数十分……やっと竹林に着いた。俺の目の前では、多くの長い竹が風に揺《ゆ》れている。竹林に着いたはいいが……これをどう運《はこ》ぶんだ？

竹って確か、根が地中深くまで伸《の》びてるんだよな？

掘《ほ》って持って帰るにしても……時間がかかりそうだし。

俺が一人ブツブツと呟《つぶや》きながら考えていると。

スバルと銀太が目配《めくば》せし合ったと思ったら……直径五十メートルほどの竹林が地中深くの土ごと持ち上がり、空中をふよふよと浮かび始めた。

「はっ⁉　なっ⁉」

竹林があったはずの部分には、大きな空洞《くうどう》が出来ている。

何が起こったんだ？

『うむ。完了したのだ』

銀太がそう言うと、ふよふよ浮かんでいた竹林は突然消えた。

『よし！　完成だな。ティーゴの旦那、異空間の扉を出してくれ！』

スバルがそう言うが、俺は何が何だか分からない。

「えっ……!?　ちょっと待ってくれ！　何が起こったんだ？　理解が追いつかない」

『何がって……俺が風魔法で竹林をくり抜いて、その後に銀太がアイテムボックスに入れたんだよ！』

スバルが『こんなことも分からないのか？　何を言ってるんだ』って目で俺を見ているが……。

いやいや、理解に苦しむ規格外《きかくがい》なことが起こってるからな？

「くっ、くっ……くり抜くってレベルじゃないだろ？　巨大な大穴が開いてるぞ？　この穴はどうするんだよ！」

『それなら後で二号に土魔法で埋《う》めてもらうから大丈夫さ！』

「そっそうか……ならいいか」

ったく。聖獣達は相変《あいか》わらず無茶苦茶だな。

俺はスバルに言われるがまま、異空間の扉を出して中に入る。そこにはいつも通り、大自然が広がっている。少し離れたところに、聖獣達に作ってもらった家と畑が見えた。

「きゅっ急に扉が出て来た！　何で？」

『何だ？……オデ、初めて、見た……』

急に現れた異空間の扉に、マインとキラがソワソワと不思議《ふしぎ》そうにしている。説明もややこしいので……とりあえず中に入ってもらった。

「何ここー！　凄い！　扉の向こう側が違う世界と繋《つな》がってる！」

『本当だ……こんな……場所が……』

マインとキラはビックリしながらも、瞳をキラキラ輝かせ、異空間の中をウロウロと楽しそうに見て回っている。

スバルと銀太は畑の近くまで歩いて行き、立ち止まった。

『さてと……ここら辺にしようか？』

『そうだの！　スバル、穴を開けてくれ。そこに竹林を入れるのだ！』

『ガッテンだ！』

大きな土の塊《かたまり》が宙に現れたと思ったら……異空間にドオオオンッ！　と爆音《ばくおん》が響《ひび》く。

「なっ……⁉」

『何だ？』

大きな音にビックリして、パールと二号が家から出て来た！　二号は黒犬ではなく人間のお姉さんに変身した姿だ。

スバルが開けた大穴へ、竹林が静かに沈《しず》んでいく。

「こっ……これは竹林じゃないか！　竹の周りにはワシの大好物の竹ノコが生《は》えとるんじゃ！」

轟音《ごうおん》と共に現れた竹林に、大興奮《だいこうふん》のパール。

『へへッ……主の大好物だからな！　竹林を見つけて持って来たんだよ。これでいつでも竹ノコが食べれるだろ？　主、嬉しいか？』

スバルはニコニコ嬉しそうにパールに報告する。

「スバル……ワシの好物を覚えてくれとったのか」

『当たり前だよ！　大好きな主の好物だぜ？　忘れる訳ねーだろ？』

「スバル……ありがとう。ワシ、嬉しい。くうう……スバルが可愛《かわい》過ぎて胸が苦しい」

パールが感嘆《かんたん》の声を上げながら胸を押さえる。後半、声が小さくなって何を言ってるのか聞こえなかったが……。嬉しいんだよな？

『何ジャイこれは……!?』

『急に竹林が現れたコブ……？』

突然大きな竹林が現れたので、ジャイコブウルフのハクとロウもなんだなんだと見に来て、目を丸くしてビックリしている。

パールは竹林に足を踏《ふ》み入れて観察している。

「竹の手入れをしないとのう……竹ノコはすぐ成長して竹になってしまうんじゃ……そう

したら食べられないんじゃ！　掘るタイミングを逃したら最悪じゃからの！」

なるほど……竹ノコは掘るタイミングがあるんだな。知らなかった……。

『パパン！』

なるほどなと納得していると、異空間の扉の方から声がした。

慌《あわ》てて振り返ると、キングパンダが入って来ていた。このキングパンダは、マインを探す途中で竹林に立ち寄った時に出会った奴だ。竹ノコを譲《ゆず》ってくれて、そのお礼にパイを渡したんだった。

俺は竹林にビックリした勢いで、つい扉を開けっ放しにしていたようだ。

「しまった、扉を閉めるの忘れてた」

『パパンパン！　パン』

『主～？　竹ノコの手入れは任《まか》せてくれって！　竹ノコを掘るからパイが欲しいってキングパンダが言うておる』

銀太が通訳してくれたのだが……。

ええーー⁉　パイと交換だって？　また食いしん坊がやって来たぞ。

でも……まぁ……はうっ！

――そんな目で見ないでくれ！

キングパンダが尻尾《しっぽ》をプリプリ振りつつ、可愛く首を傾《かし》げて両手を合わせてお願いしてくる……何その可愛いポーズ。くうう……可愛過ぎる。

う～ん。食いしん坊が一匹増えたところで変わらないしな！

「分かったよ。竹ノコの世話はお前に頼《たの》むよ、キングパンダ！」

『パパン♪』

キングパンダは尻尾をプリプリ振って嬉しそうだ。

するとスバルが隣《となり》にやってきて、俺をつついた。

『ティーゴの旦那？　コイツにはキューみたいに名前付けてやらねーのか？』

キューというのは、この前仲間にしたガンガーリスのこと。スバルの言う通り、一緒に過ごすなら名前があった方がいいよな。

「名前か……」

何がいいかなぁ……竹が好き……竹林……ちくりん……りんりん。

「決めた！　キングパンダの名前はリンリンだ！」

『パパン♪　パパン♪』

『気に入ったって！』

リンリンの声を聞いて、スバルが嬉しそうに言う。

「良かった……ヨロシクな？　リンリン！」

『パパン♪』

リンリンはそう言って、尻尾をプリプリしながら竹林へ走って行った。

こうして新《あら》たにリンリンが仲間に加わった。

「さて、竹も手に入れたし、エルフの里に転移するか！」

『そうだの！』

俺と銀太、そしてマインでエルフの里に転移することにした。残りの仲間達とキラは異空間に残ることに。

転移は魔法が使える銀太にお任せだ。すると――

「わわっ!?　ティーゴ君。急に現れたからビックリしたよ！」

『お主《ぬし》の近くをイメージして転移したからの！』

銀太が得意げに話す。

どうやらファラサールさんの目の前に転移したみたいだ。ファラサールさんは俺達と付き合いが深いエルフで、この里での案内役だ。

突然現れた俺達にビックリしている。そりゃそうだよな。

「ファラサールさん。迷子《まいご》のマインちゃんです」

「おおっマイン！　無事で良かったよ。どうしてエルフの里を一人で出たりしたんだい？」

「それは……その……」

マインは眉《まゆ》を八の字にして困っている。

キラのこととか、話して良いか悩《なや》んでるんだろうな……お節介《せっかい》かもしれないが、これは俺が手助けしてあげるか。

「マイン！　俺がファラサールさんに話しておくから。お母さんの所に行って、元気な顔を見せてやれよ！」

「えっ……うっ、うん！　ありがとう！」

俺の言葉に安堵《あんど》したのか、マインは笑顔で両親のもとへと走って行った。

ファラサールさんは、しょうがないなぁと笑っている。

さてと、ファラサールさんに何から説明しようか？　キラのことやドラゴン渓谷に一緒に行くことになったことなど、いっぱいあるぞ。

とりあえず順を追って話すと、ファラサールさんは驚《おどろ》きまくった。

「ええ!?　ミスリルドラゴンとマインは友達？　そしてドラゴン渓谷に一緒に行こうとしてたなんて……子供はとんでもないこと考えるね！」

「俺も話を聞いた時は、どうしようかと思いましたけど……」

「でも……ティーゴ君は優《やさ》しいね。ドラゴン渓谷って、このエルフの里をかなり北に行かないと辿《たど》り着かないよ？　他国との国境付近だし……そんな遠くまで送って行くなんて！」

──今……何て言った？　国境付近だと？

「えっ？　ちょっ……そんなに遠いんですか？」

「……まさか場所を知らないで行こうと？」

「いやっ……ははっ……」

俺は頭をポリポリかきながら苦笑《にがわら》いするしかなかった。

キラ達がのんびり歩いてたからさ。てっきり近いと勘違《かんちが》いしちゃってたよ！

「はぁ……さすがティーゴ君というか、何とも無茶な」

ファラサールさんは、ちょっと呆《あき》れながらドラゴン渓谷への行き方を教えてくれた。

「ファラサールさん、ありがとう！」

「すぐにドラゴン渓谷に旅立つのかい？」

「長旅になるなら、必要なものをルクセンベルク街で買ってから出発しようと思ってるので、ファラサールさんも買い物がてら送って行きますよ？」

「わぁっありがとう！　助かるよ。転移の魔道具は高価だからね。あまりポンポン使ってたら孫《王様》に怒られちゃうしね？　ふふっ」

ファラサールさんは、本来はルクセンベルク街の冒険者ギルドマスターで、それから国王様のおじいさんにもあたる（娘さんが前国王様の奥さんなんだ）。

忙しい人なんだけど、エルフの里に入るには色々手順が必要だから、わざわざ仕事をお休みして俺達を案内してくれたんだ。

じゃあ、聖龍様とエルフの長老《おさ》に挨拶してから、ルクセンベルク街に転移するか！

「あのさ……会ってすぐに里を出ることになるけど……長老に挨拶しときたいんだけど」

「そうだったね。挨拶に行こうとしたら、迷子騒動《そうどう》でバタバタしちゃったもんね！　行こうか、長老の所に」

ええと……エルフ族の中で一番偉《えら》い人なんだよな？　そう考えたら緊張《きんちょう》してきた。

ツリーハウス群《ぐん》の中でも一番高い所に立っているのが、長老の家らしく……ん？　行くにしても、木には階段もハシゴもないぞ？　大きな木の天辺《てっぺん》に家がポツンと建《た》ってるだけだが……。

「ファラサールさん……これ、どうやって家に行くんだ？」

「フフッ……妖精の粉《コレ》を使って飛んで行くんですよ！」

「妖精の粉！　なるほど」

マインを探しに行く前、ファラサールさんが見せてくれた、空を飛べるようになる粉だ。

ファラサールさんが俺達に妖精の粉を振りかける……。

途端《とたん》にフワッと体が浮くが……。

『ププッ……主は空を飛ぶのが下手《へた》じゃのう……ププッ』

くそう……銀太にまで笑われた！

何でみんな、あんなにカッコ良くスイスイと飛べるんだ？

俺はまっすぐに飛ぶことが出来ず、カクカクしながら上がっている。はぁぁ……俺もカッコ良く飛びたい。

「あそこの広いバルコニーに下りましょう」

ファラサールさんが指差した先へ、みんな飛んで行く。

シュタッ！

シュタッ！

ドシンッ!!

「いてって……」

やっぱり俺だけ着地に失敗し、途中で落っこちた。前と一緒！

みんながその姿を見て、腹を抱《かか》えて笑っている。

「ふふっ。さぁ、中に入りましょう！」

「うん……」

ファラサールさんがドアをノックし、開ける。

「長老居るかい？　入るよー！」

「おおっ！　久しぶりじゃのうファラサール。里に帰っておったのか！」

エルフの長老は髪こそ白髪だけど、とても八百歳を超《こ》えているようには見えない。人族だと六十歳くらいの見た目だ……エルフって見た目は中々歳取《とし》らないんだな。

「長老久しぶりだね！　今日は紹介したい人を連れて来たんだ」

ファラサールさんに促《うなが》され、俺は緊張しながら名乗る。

「初めまして。ティーゴです。隣は使い獣《じゅう》の銀太です」

「ティーゴ君はね？　聖龍様の卵を魔族から守り、さらには邪龍化を防ぎ、可愛い【慈愛《じあい》の龍】を誕生《たんじょう》させた人なんだよ！」

ファラサールさんは張り切って俺の紹介をしてくれるが、ちょっと恥ずかしい。

すると長老が目をカッと見開いた。

「ななっ！　貴方《あなた》様が……フェンリルとグリフォンを従《したが》え、魔族から我等の卵を救ってくれたという……救世主様《きゅうせいしゅさま》！」

「きゅっ、救世主様って、んな大袈裟《おおげさ》な！」

「救世主様に助けていただいたヒューイから、話は全て聞いております！　本当にありがとうございます！」

長老は俺に向かって深々とお辞儀《じぎ》をした。ヒューイさんというのは、俺に龍の卵を預けたエルフの人のことだ。

ファラサールさんが呆れた様子で長老に言う。

「ジッちゃんもういいよ！　ティーゴ君が困ってるだろ？」

「ダメじゃ！　救世主様のおかげで我等は救われたんじゃから！」

ん？　今ファラサールさん、何て言った？

「……ジッちゃん？」

「あっ……言い忘れてた！　長老は僕のおじいさんなんだ」

「そっ、そうなの⁉」

ファラサールさんって、大物ばかりが身内に居ないか？

偉いとは思っていたけど、想像以上に凄い人なんじゃ……。

★　★　★

それから俺は、すぐに里を出てキラを渓谷まで送り届けるという話をした。

「何と、せっかくエルフの里に来てくれたのに……もう出発されるのか！　残念じゃのう……」

長老が寂《さび》しそうに俺を見る。

「このフェンリルの転移魔法で、いつでもエルフの里に来れるから！　だからまた遊びに来ますよ。そんな顔しないでください」

「なっ！　エルフの里に？　転移で来られるなんて……さすがフェンリル様！」

『まぁ……？　これくらい余裕なのだ！』

褒《ほ》められて嬉しいのか、銀太の尻尾がブンブン回っている。普通はエルフの里へは転移出来ないようになっているんだけど……銀太にそんな常識は通用しないんだ。

「では、聖龍様に挨拶して来ます」

俺達は長老の家を出て、聖龍様が居る湖に向かう。

長老の家から下に飛ぶ時も着地に失敗した……くそう。コッソリ練習しよう。

ああ、そうだ。聖龍様に会うんだから、ティアも連れて行こう。俺は異空間に一度戻り、ティアを呼んできた。

そして俺とティアは、湖のところへ。

何度訪れても思う。聖龍様が居る湖は特別空気が綺麗だ。

湖の真ん中にある木に辿り着くと、前回と同じく聖龍様が姿を現す。俺が別れの挨拶に来たと言うと、聖龍様が答えた。

――ほう？　もうエルフの里を出るのか！

「はい。ドラゴン渓谷に行く用事が出来たので」

聖龍様は引き留《と》めるようなことは言わず、ティアへと目を向ける。

――可愛い我《わ》が子よ？　其方《そなた》は楽しいか？

『ティアは最高に幸せなの！　いつも楽しいの！』

――ふふそうか……安心した。良い主に出会え良かったのう。

『そうなの。ティーゴは素敵なの！』

――ティーゴよ、慈愛の龍をよろしく頼むぞ？

「もちろん！　じゃ俺達はドラゴン渓谷に出発します！」

──無事を祈っておる。

──ちょっちょっと！　ちょっと待ってよ⁉　私よっ慈愛の女神《めがみ》へスティアよ！

「えっ？　へスティア様？」

聖龍様の声や話し方が急に別人に変わる。聖龍様は時々、神様に体を貸すことがあるんだ。今回はへスティア様が降りてきたらしい。

──そうよー！　ティーゴ君に伝えたいことがあって、出て来ちゃった。今異空間で色々な作物を育ててるじゃない？

「えっ？　何で知って……」

──えっ……？　それは毎日覗《のぞ》いっ……ゲフンゲフンッ。女神になるとそれくらい分かるの！

今……毎日覗いてって言いかけたよな？　絶対。

──それでぇ？　私の加護《かご》を持ってるティーゴ君が愛を込めて水やりしたら……慈愛と豊穣《ほうじょう》の力で作物が大きくなって沢山収穫《しゅうかく》出来るから！　試《ため》してみてね？　フフッ……楽しみにしてるからね。またね？

へスティア様はそう言って会話を終えてしまった。

楽しみにしてる……ってことは、やっぱり毎日覗いてるんだな。

女神の仕事は大丈夫なのか？　サボり過ぎて創造神《そうぞうしん》様に怒られても知らないからな。

でも、いいこと教えてもらったな。

ヘスティア様のくれた加護のおかげで、俺の手には慈愛の力が宿っている。分かりやすい効果を挙《あ》げると、俺の作る料理は人を幸せにするんだけど、それが作物にもいい影響をもたらすみたいだ。


聖龍様との挨拶を終えて湖のふちに戻ると、ファラサールさんが待っていた。

「ティーゴ君。妖精の粉《コレ》をプレゼントするよ！」

「えっ、いいんですか？　こんな貴重《きちょう》なもの……！」

ファラサールさんが、俺に妖精の粉をプレゼントしてくれた。妖精の粉はかなり貴重で、今くれた小さな一瓶だけでも金貨数百枚はくだらないって聞いた。

そんな貴重なものをポンっとくれるなんて……。

「ありがとうございます！」

「ふふっ、これで上手に飛ぶ練習してね？」

……くそう。嬉しいのに何だろう。素直に喜べない……！　絶対に上手《うま》く飛べるようになってやる！

俺は気を取り直して、エルフの里を発《た》つことにする。

「じゃあ……ルクセンベルク街に行きますか。銀太頼んだよ！」

『任せるのだ！』

ルクセンベルク街か。俺が神様に祭り上げられて、逃げ出して以来だな。さすがに大分時が経《た》ったし、もう落ち着いてるだろうな！


……なんて、のん気に考えていた俺が、バカだった……。

――何だこれ⁉


転移して来た広場には大きな銅像が……これは……どう見ても俺達。

『ほう……これは我か！　中々カッコ良いのう。我は気に入ったのだ！』

銀太は銅像を見て、尻尾をブンブン振って嬉しそうだけど！

元からあったカスパール様の立派な銅像の横に、俺達の銅像が負けじと並んでいた。

銅像を立てたって話は聞いて知ってたけど……こんなに大きいなんて！　しかも街の一番目立つ場所に……！

銅像は俺の他に、銀太とスバル。そして人化した一号、二号、三号……それに！　この時まだ卵だったはずのティアまで俺の肩に座っている。

何でだ⁉　いつティアのことを知った？

さらに周りの商店街を見渡せば……。

神様――つまり俺達のことだが――の商品が至《いた》る所で販売され……賑《にぎ》わっていた。

絵姿《えすがた》に加えて、銀太やスバルの形をしたぬいぐるみ、小さなチャームなど、種類が多過ぎて挙げたらキリがない。

「ファ……ファラサールさん、これって？」

「ああ！　神様グッズかい？　ルクセンベルクの一番の人気《にんき》商品なんだよ？　神様グッズ《これ》のおかげで街が潤《うるお》ってね？　魔族に壊《こわ》された街が、すぐに立ち直ることが出来たんだよ」

「いやっ……はは。街が潤うのはいいんですが……この神様の絵姿とか俺達そっくりですよ？　誰がこんな上手に？　俺の顔なんてよく見られてないはずなのに。凄くよく出来てて……」

「そりゃそうさ！　僕も力を入れて頑張《がんば》ったからね！」

――何だって!?　い、い、い、僕が力を入れて？

「えっ？　ちょっ!?　ファラサールさんもこれに関わってるんですか？」

「あっやっ？　ちょっと手伝っただけだよ？　僕は全《まった》く関係ないよ？」

そう言いながらも、明らかにファラサールさんの様子はおかしい。瞳をキョロキョロさせ、手は落ち着かず指をモジモジと動かしている。

怪《あや》しすぎるだろ！　誤魔化《ごまか》すの下手か。

気が付くと俺達の周りに人垣《ひとがき》が出来ていた。

一気に周囲がザワザワと騒がしくなる。

「神様が降臨《こうりん》された」「お姿を目に焼き付けないと」「麗《うるわ》しい」「神様ー！　もういつ死んでも後悔《こうかい》しない」「ああ神様ー！」

みんなが手を合わせて俺達を拝《おが》んでいる。

ちょっと！　俺、神様じゃないからね？　みんなと同じ人族だから！

そんな俺の気持ちとは裏腹《うらはら》に、どんどん人が集まってくる。このままこの場所に居るのはマズいな。

「銀太、ギルドに転移してくれ！」

『分かったのだ！』

ファラサールさんを連れて冒険者ギルドに転移し、俺達は二階の部屋に急いで駆《か》け上がる。

凄いな……前に街を救った時より盛《も》り上がってないか？

俺の疑問を察したのか、ファラサールさんが言う。

「今やこの街で、神様は凄い人気なんだよ！　神様グッズを集めると幸せになれるって噂《うわさ》も広まって、他国から買いに来る人も居るくらいなんだよ？」

他国……だと!?　この国での旅を終えたら、他国にも行ってみようと思ってるのに……

やめてくれ！　この辱《はずか》しめを他国にまで広めないでくれ！

結局、俺達はこの街での買い物は諦《あきら》めて、ドヴロヴニク街で買い物をすることにした。

こんな状態で買い物なんて絶対に無理だからな。

「あっ！　そうそう、ティーゴ君。お土産貰《みやげもら》って行ってよ。ルクセンベルクまで送ってくれてありがとう！　またいつでも遊びにおいでよ？」

「うん……もう少し街が落ち着いたらまた来るよ！　お土産ありがとう」

ドヴロヴニク街に転移する前に、ファラサールさんがお土産をくれた。大きな袋だな？　何が入ってるんだ？

★　★　★

ドヴロヴニク街での買い物を終え、俺と銀太は異空間に帰って来た。

自分の家があるっていいな。落ち着くよ。

家に入ると、そのままみんなが寛《くつろ》いでいる居間へと向かう。

「ただいまー！」

「お帰り！　何を買って来たんじゃ？」

俺に気付いたパールが、ゆらりと尻尾を揺らしながら近寄ってくる。

「食材とか調味料とか……追加でパールが欲しがってた種とか色々買って来たよ！」

「そうか！　バッチリじゃのう。それで外の畑は見たか？」

パールは嬉しそうに話す。

「見たよ、黄金色《こがねいろ》に輝く大きな小麦畑！　その横にあった小屋は何？」

「あれは小麦を小麦粉にする場所じゃ！」

「す……凄い！　さすがパールだね。先のことまで考えてるなんて天才だ！」

「まっ……まあの？　ワシ、天才じゃからして……」

パールの尻尾の揺れが激《はげ》しくなる。すっごく嬉しいのが尻尾でバレてるぞ。

「あっそうだ！　お土産貰ったんだった」

「土産？」

「うん。ファラサールさんがね、くれたんだ」

貰った大きな袋をアイテムボックスから出し、みんなの前に広げると……。

何と袋の中には、沢山のぬいぐるみが入っていた。

『わっ！　これはティアなの！　可愛いの！』

『お？　これは俺か？　小さい小鳥の姿の方だな。中々……可愛いじゃねーか！』

『あら？　私達も可愛いじゃない。抱《だ》き心地《ごこち》もいいわね』

『あっし……カッコいい』

『俺がぬいぐるみに……』

ティア、スバル、一号達が自分そっくりのぬいぐるみに大興奮。まさかこんなものが入っていたとは。

――ん？

ピラッと、お土産が入っていた袋から何かが落ちる。

何だ……手紙？


ティーゴ君。これは今度発売される神様グッズの、新作ぬいぐるみだよ！

【モフッと最高の抱き心地♡神様達】っていうんだけど、どうかな？

実を言うと自信作なんだ。気に入ってもらえたらいいなぁ♪


俺は手紙を握《にぎ》りしめて遠くを見つめた。

ファラサールさん……やっぱり……グッズ製作にめちゃくちゃ絡《から》んでるじゃねーか！

★　★　★

ぬいぐるみのお土産を開けてから少しして、俺は居間でパールにある相談をする。

「あのさパール。エルフの里で女神様から教えてもらったんだけど、俺が慈愛の手で愛情込めて水をやると、作物が大きく成長するんだって！　試してみていいか？」

「ほう？　そんな面白《おもしろ》いことが！　それは早速試してみるのじゃ」

パールは今すぐに試そうとやる気満々。一緒に外の畑に出て行こうとすると、二号も気になったのか、後をついて来た。

俺達は早速ウロウロと作物を見て回る。

種に使うのが良いのか？　成長してても使えるのか？　どれにしようか？　とか考えながら色んな作物を眺《なが》める。

するといた俺達に気付いたキラが、ドスドスと音を立てて走ってきた。

『ティーゴ！……何して、るだ？』

「あれ？　キラ、こんな所に居たのか！」

『オデ、外が、落ち着く……異空間、サンポしてた』

「そうか。今日はもう遅《おそ》いから、明日ドラゴン渓谷に出発しような！」

『分かった……明日。楽しみ』

「今から水やりするんだけど、見て行くか？」

『ありがとう！……でも、オデ、もすこし、サンポしてくる』

「そうか。あんまり遠くに行くなよ？」

『うん』

キラは楽しそうに異空間の散歩を再開した。

その横をジャイコブウルフ達が踊《おど》りながら歩く。いつの間に仲良くなったんだ？

★★★

『なぁティーゴ。まずはこの小麦に試してみないか？』

二号が一つの小麦を指差す。

だがそれは、収穫出来るほどに成長してるぞ？

「黄金色に成長してるけど、これ以上、変化するか？」

『だから、これ以上どう成長するのかを試してみたいんだよ！　枯《か》れるのかもしれないしな』

「ほう……二号は意外と勝負師じゃの。その考え、面白いのう」

「なるほどね。試す価値ありだな」

パールが笑い、俺も頷《うなず》く。

ようし！　とやる気を出してはみたが、全てに水をかけてダメにするのは嫌だから、小麦の一部分に試してみることにした。

ええと……愛情を込めて水をやるんだよな？　愛情を込めるってどーするんだ？

とりあえず俺は心の中で……（大きくなーれ！　大好きだよー）と言いながら魔法で水を出して小麦にかけていく……声に出すのは恥ずかしいからな！

「なっ⁉」

次の瞬間！　水をかけた小麦の種子だけが二倍の大きさに膨《ふく》らんだ！

「凄いのじゃ！　一瞬でこんなにも大きな種子が！　しかも、特殊《とくしゅ》効果もついておるぞ」

えっ、特殊効果だって？　急いで神眼《しんがん》で確認すると……。


【癒《いや》しの小麦】

普通の小麦よりも甘く栄養価も高い。

食べるだけで慈愛の効果により心が満たされ癒される。

魔力が一時的に20％上昇する。

攻撃力が一時的に20％上昇する。


なっ何だ、これは……普通の小麦じゃなくなってる。何だ？　癒しの小麦って。

『凄いぜティーゴ！　どんな愛情を込めたんだよ』

二号は小麦の変貌《へんぼう》ぶりに驚きを隠《かく》せない。目を見開き俺の背中をバンバンと叩く。

「これは凄いのじゃ！　次は種を蒔《ま》いて水をかけてみよう」

パールはトゥマトの種を、わくわくしながら畑に蒔く。

よし！　さっきみたいに……大きくなーれ。大好きだよー。美味《おい》しい実をつけろよー。

心の中でそう唱《とな》える。

すると種はすぐに芽《め》を出し、ニョキニョキと大きく成長！

あっという間に、赤く大きなトゥマトの実がなった。もちろん特殊効果付きだ。


【パワートゥマト】

フルーツみたいに甘いトゥマト。

濃厚《のうこう》なのにアッサリ。

攻撃力が一時的に20%上昇する。

体力が一時的に20%上昇する。


「こっ……これはワシのオリジナル魔法【植物急成長】の効果まであるのか！　凄いのじゃ、慈愛の手」


本当に凄過ぎる。これがあったら何でも作ることが出来る。

もう……食材を買いに行かなくても良い！　必要になったら種を蒔いて水をかければいいんだから。在庫の心配がなくなるなんて最高だ。

『ティーゴ！　このトゥマト食べてみろ。めちゃくちゃ美味しい！』

二号がトゥマトを頬張《ほおば》りながら、俺に熟《じゅく》したトゥマトを手渡してきた。

ガブッとかぶりつくと……。

「ほっ……本当だ！　甘くてジューシーで……普通のトゥマトの何倍も美味しい」

「美味《うま》いのじゃ！　甘味みたいじゃ！」

パールも口周りの毛を真《ま》っ赤《か》に染《そ》めながら美味しそうに食べる。

「よし。ティーゴよ、トウカの木にも水をかけるのじゃ」

『ティーゴ！　レインボーマスカットにも！』

「こっちもじゃ！」

『これもだ！』

俺はパールと二号に連れ回され、延々《えんえん》と水やりをさせられた。

気が付くと家の周りは、大きく成長した果実や野菜の畑と化していた。

『ティーゴ。今日はこの大きく育ったトウカの実でパイを作ってくれよ！』

二号がトウカパイを食べたいと言う。俺も食べてみたいし……よし作るか。

「いいね！　じゃあ折角《せっかく》だから収穫した小麦を使って作る？　きっと最高に美味いぞ！」

「ああっ早く食べたいのじゃ！　小麦を魔法で収穫するのじゃ」

俺の話を聞いた食いしん坊のパールは、一瞬で小麦を収穫してしまった。

「早く作るのじゃ！」

収穫した小麦の前でヨダレを垂《た》らすパール。おいおい、大賢者様の威厳《いげん》は何処に？

★★★

『主お帰り～！』

部屋に戻ると、みんなは自分のぬいぐるみを抱いてゴロゴロしていた。

一号と三号は気持ち良さそうに寝てるな。

『主～、何処行くのだ？』

「美味い甘味を作るために調理場だよ」

『甘味！　やったのっ、ティアは楽しみなの！』

銀太とティアが調理場までついてきた。

二匹が見ている前で、俺は早速料理に取りかかる。

まずは作りたての小麦粉を使って、パイ生地《きじ》をコネコネ……完成したら、ちょっと寝かせて。

その間にトウカの実を、ジュエルフラワーの蜜《みつ》で煮詰《につ》め、ペースト状にする。

ついでにキラービーの蜜《みつ》漬けトウカも作る！

それから、形を整《ととの》えた生地にペースト状のトウカを塗《ぬ》って、さらに蜜漬けトウカをゴロッと載《の》せる！

後はそれを焼くだけ！　どんな味かなぁ……楽しみだなぁ♪

数分もすると、甘くていい匂いが調理場に充満《じゅうまん》する。

おっ？　そろそろパイが焼けたかな？

『主！　出来たのか？　我は食べたいのだ！』

『ティアも！　ティアも！』

匂いに我慢《がまん》出来なくなった銀太とティアが、ヨダレを垂らし待ち切れない、といった様子。

相変わらずの食いしん坊達。それもまた可愛いんだがな。

「よし焼けたぞ。はいどーぞ」

焼けたトウカパイを、銀太とティアが待つ机に並べる。

『美味しいの！　はわ……ティアは口の中が幸せなの』

『うむ！　美味いのだ。我も心が満たされていく……！』

銀太とティアがウットリしてるな……そんなに美味いのか？

どれ？　俺も食べてみるか。

サクッと心地《ここち》好い音が響いた後、口いっぱいに甘い旨味《うまみ》が広がる。

「うんまー！　何これ⁉」

前に作ったトウカパイの何倍も美味い！　それに一口食べるごとに、心が満たされていく。不思議だ。

「よし！　みんなで食べるぞ」

家の外にキラやジャイコブ達が沢山いるから、外でパイ祭りにしよう！

「外でパイ食べるよー！」

みんなに声をかけ、外に出てトウカパイを食べる準備をする。

この前創造神様からもらったスキル、コピー料理があるおかげで、元になる料理と材料さえあればどんどん増やせるから楽ちんだ。

「美味いのじゃ！　これはパワーアップトウカパイじゃ！」と命名するパール。

『はぁ……美味過ぎるぜ……トウカパイさんよ。俺をこんなに虜《とりこ》にして……どうする気だ』

ブッッ……スバルよ。どうにもしないよ。

パールとスバルはトウカパイが気に入ったのか、口いっぱいに頬張って何個も食べている。

散歩から帰って来たキラもやって来た。

『ティーゴ……これは？』

不思議そうにトウカパイを見ている。

『美味いから食べてみな？』

キラにトウカパイを渡してやる。

『う、美味い……オデ、こんな、美味しいの初めて……食べた』

「美味いだろ？」

『ああ……オデ、幸せ、心満たされる……うう……うわーん』

キラは突然子供みたいに泣き出した。

「どうしたんだ？　何泣いてんだよキラ？」

俺はキラを優しく撫《な》でてやる。

『オデ……オデ……うう』

ズチャ!!　と、誰かがリズミカルにステップを踏んだ。そして……

こんな時はぁ～♪　俺達の出番～♪

ハクがずいっと前に出て、高《たか》らかに歌う。すると、ロウとキューもその側に寄っていき、
三匹は軽《かろ》やかに踊り始めた。

ジャイジャイ♪　ジャイコブ♪　ジャイジャイジャイコブ♪　キュッキュウ♪

独特《どくとく》の節《ふし》をつけて歌い踊る三匹が、泣いているキラの所へやってきて、そして連れて行く。

『はえ？……オデ、オデ!?』

初めはどうしていいのか分からずに、オロオロしていたキラだけど、銀太やスバルも集まり踊り出すと……楽しくなったのか、ジャイコブダンスを楽しそうに踊り出した。

ジャイジャイ♪　ジャイコブ♪　ジャイジャイジャイジャイコブ♪

凄いな！　ジャイコブダンス♪　みんなが笑顔になる。

良かった。キラもみんなと仲良くやれそうだな。

さぁ。明日はドラゴン渓谷への旅に出発だ！


……と決意を固めたけど、夜はまだまだ続く。

あの後……みんなで二号の作ってくれた露天風呂《ろてんぶろ》に入り、俺は全員綺麗にシャンプーすることになった。仲間が増えたから、シャンプータイムは中々の重労働だ。それに、風呂から上がった後もアフターケアが待っている。

「次は……リンリン！　おいで？」

『シン♪　パパン♪』

リンリンに毛がツヤツヤになるオイルを塗り、丁寧《ていねい》にブラッシングしていく。

「なっ……⁉」

リンリンの尻尾は二倍に膨らんだ！　全身モッフモフだ。

初めてのシャンプー効果、凄過ぎる。

「次は？　ジャイコブ達か？」

ふうう……ブラッシングタイムも中々重労働になってきた。

でも、いいんだ！　みんなの毛並みは俺が守る！　モフモフに仕上がった時が、最高に幸せだからな。

さぁて、風呂上がりのジュースは何にしようかな？

さっきトウカパイを食べたから……リコリの実でジュースを作ろう！

細かく潰《つぶ》したリコリにミルクを注いで、簡単ミルクジュースの完成だ。

どれ？　味見してみよう……はわっ……何これ！　めっちゃ美味い。

『ティーゴ！　ズルいの！　ティアも』

ジュース大好きなティアが一目散《いちもくさん》に飛んできた。

「はいはい」

俺はジュースをみんなに配《くば》る。

『美味しいの！　前のより美味しいの！』

パタパタパタパタパタッと翼を羽ばたかせ、ティアは嬉しそうに飛び回る。

『うっ……美味いジャイ！　はぁ……こんな飲み物があるなんて……！』

『本当コブ……生きてて良かったコブよ』

初めてミルクジュースを飲んだハクとロウは、感激《かんげき》ダンスを踊り始めた。

アハハッ……美味いのは分かるけどな。相変わらず楽しい奴等だな。

「なっ⁉　これは美味いのじゃ！　前に飲んだミルクジュースより美味い」

「パールもそう思うか？　これって慈愛の力のおかげだよな？」

「ふうむ……こうなると美味いミルクも手に入れたいのじゃ！　さすれば……最高のミルクジュースが完成するのじゃ！」

パールがミルクジュースに対して熱く語る。そこまで気に入ったのか。

「そうだな」

相変わらず食いしん坊だな、パールは。中身が大賢者様だったとは思えない。

今は猫の姿だから余計に。

「ようし……ティーゴよ？　ワシ、明日はベヒーモスを仲間にする！」

「えっパール？　何言ってるんだ⁉　……ベヒーモスだって？」

確か幻《まぼろし》のSランク魔獣だろ？　中々出会えないって……本で読んだぞ。

「ワシには昔知り合ったベヒーモスが居るんじゃよ！　其奴《そやつ》を訪ねてみる！」

「そ、そっか……さすがだな、パール」

ベヒーモスの知り合いって……やっぱり中身は大賢者様なんだな。

明日は、俺達はドラゴン渓谷に向かって旅を始めて、パールはベヒーモス探しに出発か。

しばらくは別行動になりそうだ。

2　銀太の特訓

翌朝、異空間から出た俺は、パールを見送った。

「気を付けてな？　無茶すんなよ」

「誰に言うておる？　ワシはパール様じゃぞ？」

「ハハッ……そうだけど」

パール様だからだよ。分かってる？　何においても桁違《けたちが》いに凄過ぎるからな……程々に力を使ってくれよ？

「ではの？　三日以内には帰って来るのじゃ！」

こうして、パールはベヒーモスを探しに旅立った。

パールと一緒にスバルと一号もついて行った。アイツ等はパールが大好きだからな。

俺と銀太とティアは予定通り、ドラゴン渓谷を目指し、先に進むことにした。残りのメンバーは異空間で好きなことをするらしい。

「キラ？　本当に歩いて行くのか？」

二号がドラゴン渓谷に行ったことがあるらしく、転移魔法ですぐに連れて行ってくれると言ってくれたんだけど……

『んだ……オデ、道を覚えたい……時間、かかってもいい』

「そうか？　なら……道覚えながら歩いて行くか！」

『ティーゴは……迷惑《めいわく》、ない？　オデに、付き合って』

「何度も言わせんなよ！　俺達は友達だろ？　キラのことを迷惑だとか思ったことないよ。それにドラゴン渓谷には初めて行くからな……楽しみなんだ」

『オデ……友達……』

「ん？　どした？」

『オデ……うれしい』

「そうか」

二号やキラが言うところによると、ドラゴン渓谷に辿り着くには、大きな山を二つ越《こ》え、その先にある大きな川を渡らなければならないらしい……道のりは長い！

行ったことのない場所に行くのは楽しみだけどな！

念のため、ドラゴン渓谷の場所を地図でも確認してみるが……何処にも載ってない……。

こういうケースは経験済みだ。エルフの里と同じく、知られていない秘境《ひきょう》ってことか。

ドラゴン渓谷。ますます行くのが楽しみになってきた！

とりあえずは、目指すは山か。二号が教えてくれたその山の麓《ふもと》には小さな村がある、というのが地図で分かる。今日は村までを目標に進むとするか。

そんなわけで、俺達は麓にある村を目指し、ひたすら街道を歩いて行く。

「山の麓までは、街道をまっすぐ歩くだけだから分かりやすいな」

『うん……一本道、オデ、間違えない！』

「キラには大きな翼があるだろ？　空は飛ばないのか？」

『オデ……飛べない……』

「そっそうか！」

飛べないドラゴンとか居るのか！　まずいこと言っちゃったかな。

『飛べないなら！　何故《なぜ》練習せぬ？　我には努力を怠《おこた》っておるようにしか思えぬ！』

銀太が努力しないのはダメだと怒る。確かにそれも間違ってはいないんだが……。

「ぎっ、銀太！　もしかしたら何か事情があるかもしれないだろ？」

『我は努力せぬ奴は好かぬ！』

『オデ……銀太の言うとおり……落ちるの、怖《こわ》くて、飛ぶ練習、してない……オデ……情けない』

銀太に怒られて落ち込むどころか、やる気を出すキラ。もしかしたら、こんなことを言ってくれる奴が周りに居なかったのかもな。

「キラ……」

『オデ、銀太に、嫌われたくない……オデ、飛べる、練習する』

『そうなのだ！　その気持ちが大切なのだ。ようし、我が飛ぶ特訓をしてやるのだ！』

『銀太……いいのか？……オデ、頑張る！』

いやいや銀太よ？　特訓をしてやるって……お前も飛べないよな？　飛べもしない奴が、どうやって教えるんだよ！

戸惑う俺をよそに、銀太は熱っぽく言う。

『さぁ！　特訓する場所を探すのだ！』

『面白そうなの！　ティアも教えてあげるの！』

特訓する場所って……？

銀太は俺を背中に乗せると、街道から少し離れた所にある岩場に軽く飛んで渡り、颯爽《さっそう》と登って行く。そして高さ五十メートルはある一番高い岩山にまで登ると、銀太は岩山の下で、不思議そうにこっちを見上げていたキラに声をかける。

『キラ！　早く登って来るのだ！』

『え……オデ、登る？　分かた……オデ頑張る！』

キラはワタワタしながらも、一生懸命《いっしょうけんめい》に岩山を登って来た。

『こんな、高い岩山、オデ、ドキドキ、する……ココで、特訓するのか？』

『そうだ！　キラよ、岩山の端《はし》に立つのだ！』

『あの端っこ……だな？』

キラは銀太に言われた通りに端に立つ。

『ようし！』

そう言うと、銀太はキラを突き落とした。

——ちょっ……銀太よ⁉　何しちゃってるんだ！

ドォーーンッと爆音と地響きがうなる。キラがそのまま地面に落ちた音だ！

その直後、銀太がパーフェクトヒールの魔法を使った。

『キラよ！　怪我《けが》は治《なお》した！　早く上がって来るのだ！』

ヒィィー！　銀太の奴、鬼教官じゃないか……！　怪我は治したって言っても……落ちた恐怖は消えないぞ？

キラは大丈夫かな。トラウマになってないか？

「キラーーーーっ！　ムリすんなよーーーーっ」

俺は下に居るキラに呼びかける。

『オデ……大丈夫だ！……諦めない』

キラは再び登って来ると……また銀太に突き落とされた。怪我が回復すると……飛べなくてもキラは何度も何度も登って来る。

『ほう。中々……根性あるではないか！』

キラは何十回失敗しても諦めなかった。落ちた時は、死ぬほど痛いはずなのに……弱音《よわね》も吐かずに不屈《ふくつ》の精神で立ち向かう。

そんなキラの諦めない気持ちが勝《まさ》ったのか、ついに翼がふわりと広がり風を纏《まと》う。

「あっ……⁉」

『オッ、オデ……飛んでる……凄い、オデ飛べるんだ！……ふううっ……ううっ……飛ぶの、気持ちいい……銀太、ありがと……ううっ……ありがと』

『やったのだ！　キラ、よく頑張ったのだ！』

『キラ凄いの！　ティアは感動したの』

キラはとうとう成功した。泣きながら翼を広げ自信満々に空を飛んでいる……良かったなキラ！　お前は情けなくなんかないよ！

『オデ……幸せ』

この後俺達は、みんなでキラの背中に乗り、麓の村まで乗せて行ってもらった。

「……キラ」

3　麓の村

キラのおかげで山の麓まで一気に飛んで来られた！

銀太の鬼指導をめげずに頑張り、本当にさっきまで飛べなかったのか？　と疑《うたが》うほどにキラの飛行は上達した。

目の前には小さな村が見える。俺が育ったシシカ村よりも小さな村だ。

ふむふむ、地図によるとこの村に名前はないのか。山の麓にある村としか記載されていない。

村の入り口にある門や、村を囲う柵《さく》など全てがボロボロだ。

魔獣などが襲《おそ》ってきたら一発でアウトだぞ？　大丈夫かこの村。それともこの辺りには魔獣が出現しないのか？

俺はこの奇妙《きみょう》な村が気になり、訪れてみることにした。

……おっと、勝手に決めちゃいけない。まずはみんなに相談しないとな！

一旦《いったん》異空間に戻り、村に行きたいと俺は聖獣達に相談する。

『どうして我が一緒ではダメなのだ！』

「銀太は大きくて目立つからな？　あんな小さな村にフェンリルが突然現れたら……村人達はパニックだよ！」

『ふぬう……でも主一人で行くのは、絶対にダメじゃ！』

銀太は心配症だな。小さな村だし、危険なんてないと思うけど。

『あっ！　じゃあ私が一緒に行くわ！』

『俺もジャイ！』

『行くコブ！』

三号とハク、ロウが一緒に村に行ってくれることになった。

騒がしい奴等ばっかりで、このメンバーではちょっと不安なんだが……仕方ない。

三号達を引き連れ異空間を後にし、俺は奇妙な村の入り口へと向かう。

『ほんっとボロボロね？　人は住んでるの？』

『人の気配はあるジャイが……』

『誰も外に居ないコブ……』

ちょっと違和感《いわかん》を覚えながらも、俺達は入り口の門から村に入る。

ビー！　ビー！　ビー！

「わっ⁉」

急に耳を劈《つんざ》くような高音が鳴り響く。

三号は冷静に周囲を観察して言った。

『これは魔道具《まどうぐ》ね？　侵入者《しんにゅうしゃ》が入って来たら、音が鳴るようになってるみたいよ？』

「なるほど！」

ってことは……これってヤバい状況なんじゃ⁉　俺達、侵入者ってことだよな？

ハクとロウは急いで近くの茂みに隠れたが、俺と三号は間に合わず、武装した村人達に取り囲まれた。彼らは手に鍬《くわ》や鎌《かま》を持っている。

それで俺や三号と戦う気なのか？　三号の正体《しょうたい》を知らないから仕方ないが……どう考えてもムリだろ。

村人の一人が前に出て来た。

「お前さん達だけか……？　おかしいな？　魔獣にしか反応しないベルが鳴った……」

なるほど！　三号やハクとロウに反応して、鳴ったんだな。

「俺は魔物使い《ティマー》です！　テイムした魔獣を連れているので、それに反応したんだと思います！　コイツ等は何もしませんから安心してください」

俺がそう話すと、村人達はホッとしたのか一斉に鍬などを下ろす。

「はぁ……また魔獣が襲って来たのかと思ったぜ」

「ビックリさせんなよな……はぁ」

「私はこの村の村長パトリックです」

白髪交じりの男性が、少し前に出て挨拶してくれた。

俺はハクとロウを呼び戻して名乗る。

「こんにちは、ティーゴです！　コイツ等は使い獣のハクとロウ、そして横の女性は三号です」

「ほぉ……サンゴーさんは美しいですね。こんな綺麗な人は、この歳まで生きて初めて見ましたよ！」

村長が三号をウットリと見ている。三号は美人だからな。その気持ち、分かるよ。

「もし……よろしければ私の家に来ませんか？　久しぶりに村にお客様が来てくださったのです！　おもてなしさせてください。ぜひ！　ぜひぜひ！」

「えっ⁉　いやっ……」

村長さんはやたら強引にグイグイと詰め寄ってくる。

そんな久しぶりに人が訪れたのか？　まぁ、お茶くらいなら。

「そっ、そうですか？　ありがとうございます」

俺達は村長の誘いを断《ことわ》り切れず、彼の家に行くことになった。

そして、そこでの村長さんの話に、俺は驚きを隠せない。

「なっ、そんなことが……⁉」

この村は一年前までは若者達で賑わっていたらしい。それが突然魔獣によるスタンピードが発生し、若者のほとんどが亡くなり、村も壊滅《かいめつ》状態になったとのこと。酷《ひど》い話だ。

「村人は私を含めて、老人や子供だけになってしまった。元気な若者達はみんな魔獣に立ち向かい殺《や》られてしまった。生き残った者も、今は出稼《でかせ》ぎで街に出ているんだよ」

「そのスタンピードはどうやって収まったんですか？」

「偶然《ぐうぜん》通りがかった冒険者パーティの人達が、魔獣を討伐《とうばつ》してくれ我々は助かりました」

「そうだったんですね」

「ああ……長々と愚痴《ぐち》をこぼしてしまいすみません！　こちらのブルーティーをどうぞ。スタンピードが起こる前は村の名物だったんですよ？」

「ブルーティー……」

貴族達の間で流行《はや》ってるって、確か誰かが言ってたな。

ああ……幼馴染《おさななじみ》のメリーだ！　貴族の真似《まね》して、ブルーティーが飲みたいから探せって言われて……探し回ったけど手に入れることが出来なくて、ブツブツ文句を言われたっけ。

はぁ……嫌なこと思い出しちゃったな。

それにしても、幻のブルーティーはこの村発祥《はっしょう》だったのか！　どんな味がするのかな？

「いただきます！」

凄くサッパリしてるのに、後からクセになるような甘さが喉《のど》を潤《うるお》す……これは美味い！

「美味しいです！」

『美味いジャイ！　おかわりジャイ』

『気に入ったコブ』

★　★　★

三号は、村長が出したブルーティーを飲んでしまったティーゴに呆れていた。

（ちょっとティーゴ？　あんた何で普通に飲んでるのよ？　少しくらい疑わない訳？　よく知らない人から出されたものは、神眼で見るとかしなさいよ！　これ、強力な睡眠薬《すいみんやく》が入ってるじゃない！　このままだと寝ちゃうわよ？　ああ……ホラッ！　瞼《まぶた》がショボショボしてるじゃない！）

そして、ハクとロウにも怒りの視線を向ける。

（ハクとロウも、あんた達まで疑いもせずに飲んでどーすんのよ！　何おかわりしちゃってる訳？　主を守れてないわよ？　はぁ……どーしよっかな？　このじーさん殺《や》っちゃってもいいけど）

「サンゴーさん？　早くブルーティーを飲んでみてください。美味しいですよ？」

ニコニコ笑いながら、毒入りティーを勧《すす》める村長。

（イラっとするわね？　その笑顔。サクッと懲《こ》らしめてやりたいところだけど……。この

じーさんが何の目的で、強力睡眠薬を入れたのか気になるし。ちょっと面白そーだから飲んだフリしちゃお♪　ふふふっ♪)

三号は飲んだフリをしてから、目を瞑って横になる。しばらくすると、村人達が部屋に入って来たらしい音が彼女の耳に聞こえた。

「いつまでアイツ等の言うこと聞かなくちゃダメなんだよ！」

「この娘《こ》だって可哀想《かわいそう》だ！」

「仕方ないんだ！　村を守るためには……」

「だってこの人達は無関係じゃないか！」

「分かってる！　わしだってこんなことしたくない」

「さっさと運ぶぞ！」

(何を揉《も》めてるの？　うーん……黒幕が別に居るって訳ね？　ふむ。余計に分からなくなってきちゃった。とりあえず私は、今から何処かに連れて行かれる訳ね？)

そして、村人達に持ち運ばれ、三号は何処かの家に連れて来られた。

家の主らしき男が嬉しそうに言う。

「おおっ、待ってたぜ？　これは極上《ごくじょう》のいい女だな！　こんな美しい女がよく居たな？」

「冒険者様！　もうこれで終わりにしてください！　私どもはこんなこと、もう出来ません！」

「んん〜？」

「誰のお・か・げ・で、この村はスタンピードから助かったんだ？　俺達冒険者パーティ【蒼炎《そうえん》の轟《とどろき》】様だろ？」

最初に三号の存在を喜んだ男とは別に、あと二人仲間が居た。冒険者と名乗る男達に、村人が反論する。

「ですから！　言われた通りにこの一年ずっと……ブルーティーを貴方達に渡していたではないですか！　その上……女を十人も用意しろって……無茶苦茶だ！」

「ガタガタうるせーな！　俺達がこの村を滅《ほろ》ぼすことも出来るんだぜ？」

三号が耳を澄《す》ませていると、ガッシャーンと何かが壊れる激しい音がする。

それは冒険者が机を蹴飛《けと》ばして壊した音だった。

「ヒイッ！」

「さっさと残り九人連れて来るんだな？」

村人達は三号を置いて、冒険者達の前から去って行く。

家に残った冒険者の三人は、堪《こら》え切れないとばかりに笑い出した。

「ククッ……バカな村人達だぜ！」

「本当にな！　おかげで一生働かなくて済むわ。まさかスタンピードが俺達の仕業《しわざ》だって知ったら……ククッ」

（えっ？　スタンピードはコイツ等の仕業？　人族にそんなこと出来るの？）

三号が聞いているとも知らずに、冒険者達は上機嫌《じょうきげん》で話を続ける。

「ククッ……これも偶然見つけた狐様《きつねさま》のおかげだな！」

すると、別の声がそれに答えた。

『オイラはキツネじゃねー！　カーバンクルだ！　お前達は最低だ。オイラは助けてやったのに！』

「はいはいカーバンクル様！　頼りにしてますよ〜？　お前はなぁ？　魔獣を操《あやつ》ってスタンピードを起こせばいいんだよ！　それまでは大人《おとな》しくしてろよな？」

『ぐうぅ……』

（なるほどね……カーバンクルを利用していたのね。大体分かったし、寝たフリも飽《あ》きたし）

大体の事情が掴《つか》めて、三号はだんだん退屈になってきた。

「それにしてもいい女だな……売るのもったいねーな？」

「俺達の女にしちまうか？」

冒険者の一人が近寄ろうとした途端、三号はムクっと突然起き上がる。

瞼を開くと、そこは家の広間。平民の家としては広めで、調度品も豪華《ごうか》だ。大方、村人の誰かの家を借りたのだろう。そして男達はそこそこ強そうな、しかし三号の敵ではないレベルの冒険者だった。

『どうも～、いい女です。話を聞いてたけど……あんた達、相当なクズね？』

「なっ！　何を⁉　俺達がクズだと⁉」

「女？　あんまり偉そうなこと言ってみろ？　痛い目を見るぞ？」

『痛い目？　ふう～ん……例えばこんな感じ？』

次の瞬間。冒険者の一人の体が真《ま》っ二《ぷた》つに斬《き》り裂《さ》かれた！

「ヒイッヒイヤアアアアア‼」

いきなり横に居た仲間の体が斬り裂かれたのだ。残りの二人は当然パニック状態に陥《おちい》る。

だが三号の勢いは止まらない。

『うるさいわね？　あんた達は細切《こまぎ》れと炭になるの、どっちがいい？』

ニタリと悪魔のように微笑む三号。

「ヒイヤアアアアア‼」

★　★　★

――なっ……何だ⁉

俺……確か村長さんの家で、ブルーティーを飲んでたよな？　何でこんな場所で寝てるんだ？

辺りを見渡すと、目の前には鍵《かぎ》の付いた鉄格子《てつごうし》がある。
もしかして牢屋《ろうや》に入れられてる？　何でだ？
横には、腹を出して気持ち良さそうに寝ているジャイコブウルフ二匹の姿があった。
『……むにゃ……もう食えんジャイ……』
『……スピピ……』
「ハク、ロウ！　起きろっ！　なぁ？　おいってば！」
俺はハクとロウの体を思いっきり揺する。
『……ジャイ……？』
『ぬっ主様！　ココは？』
やっと目を覚《さ》ました二匹がキョロキョロと不思議そうに周りを見る。
「俺達、どうやら牢屋に入れられたみたいなんだ」
『なっ！　騙《だま》されたジャイ……⁉』
『人族なんてもう信用しないコブ』
「まぁまぁ？　とりあえず出ようか？」
《ウインドカッター》
俺は風魔法で鉄格子を切り裂いた。
『おおっさすが主様！　華麗《かれい》なる魔法ジャイ』

「ふふ……大分上手になっただろ？」

ハクとロウが踊りながら魔法を褒めてくれる。そんなに褒められると何だかむず痒《がゆ》い。

「さっ、出よう！」

牢屋から出ると扉があり、それを開けると階段が……そうか、地下室に閉じ込められてたんだな。

階段を駆け上がるとまた扉があった。しかし、鍵がかかっているのか開かない。

この扉も壊すか！

《ウインドカッター》

扉がバラバラに砕《くだ》け落ち、途端に辺りが明るくなる。何処かの部屋みたいだ。

目が慣れると、村長と若い男の人が、目をまん丸にしてこっちを見ているのに気付いた。

えっ！　村長の家だったのか！

「なっ⁉　何でもう目が覚めて？　明日まで起きないはずじゃ……何で⁉」

村長が混乱してそんなことを言った。

「『何で』はこっちのセリフだよ？　何で俺達牢屋に入れられてんだよ！」

「そっそれは……」

「そ・れ・に！　三号は何処だ？」

「サンゴーさんは……」

村長は真《ま》っ青《さお》な顔をして目の焦点《しょうてん》が定まらない。

「すっすまねえ！」

村長の横に居た若い男の人が頭を下げたその時。

ギャアァァァーーーッと悲鳴が聞こえてきた。

「なっ？　何だ⁉」

「この声は……冒険者に貸してある家からか？」

村長と若い男の人のやりとりを聞いて、俺は驚く。

「えっ？　冒険者だって？　この村に冒険者が居るのか？」

「すみません！　サンゴーさんを冒険者に渡してしまいました。こんなことは絶対に許されません！　今すぐに連れ戻しに行きます。殴《なぐ》られても絶対に連れ戻します！」

――何だって⁉　三号を冒険者の所に置いてきただと⁉　事情はよく分からないが、さっきの悲鳴と併《あわ》せて考えると、きっと三号に手でも出したんだろう。何て恐ろしいことを……。

「大変だ！　急がないと命が危《あぶ》ないっ。案内してくれ！」

「サンゴーさんに何かあったら俺は死んでお詫《わ》びします！」

若い男の人はそう言ってくれたが――

いやいや……何かあるのは三号じゃなくて冒険者達な！

「ここです！　この屋敷に冒険者達が住んでいます」

チョス――さっき村長の家に居た若い男の人が、冒険者達の家に案内してくれた。

彼は村長のお孫《まご》さんで、以前は冒険者パーティを組んで戦士をしてたんだとか。しかし戦いの中で脚を痛め、冒険者を引退し村に帰って来た。

今は村長さんと一緒に、ブルーティーの葉を育てているそうだ。

そんな彼が指差したのは、他の寂れた家とは違い、かなり豪華で大きな家だった。

「何で冒険者達だけ、こんなに豪華な家に？」

「それはアイツ等がブルーティーを全て奪《うば》っていくから……」

チョスが悔《くや》しそうに歯を食いしばる。

「えっ⁉　冒険者ってスタンピードから村を助けてくれた恩人なんだろ？」

「助けては、くれました……でもその後アイツ等は……助けたお礼を寄越《よこ》せと、再三にわたって請求してきて。俺達は一生懸命働いても、アイツ等に全て搾取《さくしゅ》されるだけだ」

「そんな……村人を苦しめるなんて、最低な奴等だな！」

「アイツ等はどんどん調子に乗って……とうとう女を寄越せって！　出来ないなら村の子供達全員を奴隷商《どれいしょう》に売るって言いやがって……」

「そうか……それで三号を連れて行ったんだな」

「すみません！　俺達がしたことは間違っていた。アイツ等の言うことを聞く以外に、違う方法もあったはずだ。本当にすまない。サンゴーさんに何かあったら俺……」

チョスが目に涙を溜《た》め、頭を何度も下げる。

「三号なら大丈夫だから！」

だって心配なのは冒険者の方だからな！

俺とチョスは大きな家の扉を開く。入ってすぐの広間に三号が立っていた。

『あっ！　ティーゴ！』

俺に気付いた三号がヒラヒラと手を振る。

そんな三号の周りには、粉微塵《こなみじん》になった肉塊《にくかい》が散《ち》らばっている。知りたくないが、この肉塊の正体は……。

「ささっ、三号？　この肉のような塊は……？」

『何って……？　クズ冒険者達よ。コイツ等、本っ当に嫌な奴等なのよ！』

はぁーーやっぱりか。三号は短気だからな。間に合わなかったか……。

「ひゃっ……あっあわ……」

チョスはというと、肉塊まみれの血の海に普通に立っている三号を見て、驚き震《ふる》えて声が出ない。何があったのかまでは理解出来ていないようだ。

まぁそりゃそうだよな。こんな状況、普通じゃあり得ないからな！

「三号？　ムカつく気持ちは分かるけどな？　生き返らせてくれるか？」

『えっ……？　嫌よ、絶対に嫌！』

三号はプイッとソッポを向いてしまった。

だよなぁ……三号は短気だけど、正義感も人一倍強いからな。でもコイツ等には罪を償《つぐな》ってもらわないとな。

「三号、お願いだ！　今日は特別スペシャルシャンプーするから！」

『えっ、スペシャルシャンプー？』

「オマケで風呂上がりには冷たい甘味も！」

『わぁ！　約束よ？　絶対だから！』

《リザレクション》

三号がそう唱えると、光が辺りに満ち、冒険者達は瞬時に生き返った……三号が粉微塵にしたせいで全員服を着ていないが。

「生き返っ？　ひゃっあわわ」

「あっ……悪魔がっ」

生き返った冒険者達は三号を見て、ガタガタガタと震えが止まらない。

とりあえず動けないように魔法で縛《しば》り、村長の所に連れて行こう。

んっ？　何だ……あの、隅《すみ》っこで丸くなって震えてる奴は？　俺が近寄ってみると……。

「白いキツネの子供か？」

『違う。オイラはカーバンクルだ！』

「わっ、喋《しゃべ》った！」

カーバンクルって確か……神様の使い獣と言われている伝説の神獣《しんじゅう》だよな。滅多《めった》に遭遇《そうぐう》出来ないレアな存在。高位魔獣だったら人族にテイムされると喋れるようになるけど……キラみたいに、テイムされなくても最初から喋れる例外ケースもある。

どっちなのか少し気になるけど、今は話を聞くのが先だな。

真っ白な毛並みのカーバンクルは、長い耳の先と尻尾の先だけ青い。瞳は琥珀色《こはくいろ》だ。ティアくらいの大きさの小さな体をプルプルと震わせている。

『オイラに……何もしない？』

カーバンクルは、喋りながらも震えが止まらない。そうか……三号が冒険者達を粉微塵にするところを見たせいだな。

俺はカーバンクルをそっと抱き上げて優しく撫でてやる。

「怖かったよな？　何もしないから安心しろ？」

『うっうう……お前の手は気持ちいい』

「お前じゃなくて、俺はティーゴだ」

『ティーゴ……？』

カーバンクルはそう言うと、俺の胸に顔を擦《す》り寄せる。

何これ？　可愛過ぎるんだが！

『ねぇティーゴ、このクソ冒険者達はね？　そのカーバンクルを使って、スタンピードを起こさせて、自分達が登場したら魔獣達を撤退《てったい》させ、さも自分達が討伐したように村人達に思わせてたのよ？　クズよクズ！』

三号の話を聞いたチョスが目を見開き驚く。確かに俺も同じ気持ちだ。これが血の通《かよ》った人のすることとか？

「なっ何だって！　お前達がスタンピードを！　俺達は何のために今まで……っくそ！　殺してやるっ殺してやる殺してやる！　お前等みんな殺してやるからな！」

チョスが近くにあった棒を握り、冒険者達に殴りかかる！

「チョスっ落ち着けって。ダメだよ！」

「ごめん……ティーゴ！　俺はコイツ等を許せない！」

『そう？　じゃあこの剣で切ったら？』

三号がチョスに剣を渡す。

「ちょっ、三号っ、何してんの！」

『いいじゃない！　だって一年も騙されてたのよ？　死んだら困るんなら、何回でも私が生き返らせるから大丈夫よ！』

「「「ヒッ……」」」

三号の話を聞いた冒険者達は震え上がり、早くも失神寸前だ。

逃げようにも抵抗しようにも、魔法で縛られて動けない。

結局チョスの怒りを収めることは出来ず、俺は諦めた。その後、冒険者達はただ一方的にチョスに切られるだけだった。

俺はというと、カーバンクルが震えているので一緒に部屋を出た。

「もう大丈夫だからな？　怖くないぜ」

『そ……そう。テーゴ優しい。オイラ好き』

カーバンクルは小さな手を俺の首に回し、ぎゅっとしがみ付いた。首に肉球のぽにっとした、何とも心地よい感触《かんしょく》が当たる。

「ティーゴな？」

『ティーゴ。ふふっ。ティーゴ』

俺の名前を呼びながら肩の上を走り回るカーバンクル。さっきから可愛過ぎてヤバい。

――ん？　そういえば。

「なぁ……カーバンクル？　何で魔獣を操れるほどに強いお前が、あんな奴等の言うことを聞いてたんだ？」

『そっそれは……アイツ等がオイラの妹を捕《つか》まえてて。言うことを聞かないと妹を殺すって言われて』

「なっ！」

はぁ……あの冒険者達は本当にクズだな……。

三号達が粉微塵にしたのを少し可哀想とか思ってしまったが、同情の余地《よち》なしだ。

「それで妹は何処に居るんだ？」

『この屋敷の何処かに居る。魔力を封《ふう》じる魔道具に入れられていて、オイラは感知出来ないんだ……』

「そんなっ」

この状況をどうしようかと考えていた次の瞬間。

ズチャッと前足を揃《そろ》え、俺達の前に登場したのは……。

『それは〜〜俺の出番ジャイ♪』

『俺等なら〜分かるコブ♪』

ハクとロウが胸を張ってポーズを取った。

「分かるのか？」

『俺等には特別な嗅覚《きゅうかく》があるんジャイ！』

『今、主様が抱いてるカーバンクルと同じ匂いを探《さぐ》るなんて、簡単コブ！』

「凄いじゃないか！　ハク、ロウ。お前等カッコいいぞ！」

『主様、よせやい！　もっと褒めてもいいジャイ♪』

『さぁ！　ついて来るコブ♪♪』

ジャイジャイ♪　ジャイコブ♪　ジャイジャイコブ♪♪

二匹は歌いながら俺達を先導する。

ハクとロウが案内してくれた場所は隠し部屋だった。普通に探したんでは絶対に見つからない場所だ。そこへの扉は、ある小部屋の絨毯《じゅうたん》を捲《めく》ると現れた。

俺達は小さな扉を開けると、階段を下りて地下室に入る。

地下室の中では、小さな鉄籠《てつかご》に入れられたカーバンクルがグッタリと横たわっていた。

このカーバンクルは耳と尻尾の先の色が桃色だ。

『おいっ大丈夫か！』

『……お……にいっちゃん……』

カーバンクルは苦しそうに声を出す。今にも命の炎が消えそうなのが分かる。

何てことするんだ！

「今すぐ出してやるからな！」

俺は鉄格子を風魔法で切り裂いた。

弱っているカーバンクルを抱き上げ、急いで三号の所に走る！

早く三号に回復魔法をかけてもらわないと！

「三号！　この子を助けてくれ！」

『えっ……カーバンクルがもう一匹？　任せて！』

三号は突然新たに現れたカーバンクルにビックリしながらも、急いで回復してくれた。

カーバンクル妹は三号のおかげで元気になった……良かった！

――そうだ！

「これ食べな？　元気になるよ？」

俺はトウカパイをカーバンクル達に渡す。

カーバンクルの兄妹は、スンスンっと匂いを嗅《か》ぎ、少し警戒《けいかい》しながらもトウカパイを口に入れる。

『『!!』』

サクッといい音を出しながら、二匹は凄い勢いでパイを頬張る。

『……美味しい。オイラ……何だか幸せで胸がいっぱいだ……ううっ幸せっ』

『……おいちい……ちあわちぇ』

泣きながらパイを必死に頬張るカーバンクル兄妹が、あまりにも可愛くって、俺達はホッコリしながらその姿を見ていた。

さぁて……癒された後は、冒険者達の後始末だな。

4 サンゴー村

冒険者パーティ【蒼炎の轟】達は、三号とチョス達から散々《さんざん》懲らしめられたようで、皆生気を失った顔をしていた。

何をやったらそうなるのか。怖くて三号に聞けないけど……。

チョスが生気のない冒険者達を引き連れて、村のみんなに報告に行った。

俺はファラサールさんに「連絡がいつでも取れるように」と伝言用の魔法鳥をもらっていたので、手紙を託《たく》し、ファラサールさんにこのことを報告しといた。

するとファラサールさんはすぐに魔道具で転移してきたかと思うと、【蒼炎の轟】を引っ立てて王都にとんぼ返り。数時間後には魔法鳥を飛ばしてきて、取り調《しら》べの経過を手紙で知らせてくれた。それによると、【蒼炎の轟】は冒険者資格剥奪《はくだつ》、さらに王都にて裁判がされると決まったようだ。ファラサールさん曰《いわ》く、死んだ方がマシと思うような判決になるだろうとのこと。

まぁ……村人を殺して、さらにブルーティーの売り上げを搾取していたからな。因果応《いんがおう》報《ほう》だ。

返事で少し気になったのが、カーバンクルを閉じ込めていた魔道具についての記述だ。「高度な技術で作られており、この国では作ることが出来ないはずなんだよね。どうやって手に入れたのかと聞いたけど、黒いマントを着た男達が落として行ったのを拾ったという情報しか得られなかった」と書いてあった。

謎の黒マントか……気になるな、覚えておこう。

そして俺はというと、カーバンクル兄妹がやたらと懐《なつ》いてきて、可愛過ぎて困っている。俺の肩の上を縦横無尽《じゅうおうむじん》に走り回りながら、今まであったことをプリプリと怒りながら話してくれているんだが。

『聞いてくれよティーゴ。オイラはな？　あの冒険者達がキラーウルフの集団に襲われてるところを、たまたま見つけて……キラーウルフを操って助けてやったんだ！　そしたらお礼だって……美味しいご飯をくれた。アイツ等、はじめは優しかったんだ……なのに！　気を許したら態度が急変し、俺の妹を人質《ひとじち》にしたんだ‼』

「そうか……それは悲しいな。お前達は優しさから助けたのにな？」

『オイラはもう人族は信用しない！　嫌いだ。でもティーゴは違うぞ？　特別』

そう言うと、カーバンクル兄は可愛い顔を首筋《くびすじ》に擦り寄せてきた。

はわっ。だからそれ！　可愛過ぎるから！

カーバンクル兄の真似をして、妹までが顔を擦り寄せる。

『ティーゴしゅき』

「……ありがと」

何これ。カーバンクル兄妹、恐るべき可愛さだ！　可愛過ぎて困る。

ちなみに、人語に関しては最初から話せたらしい。うーん、キラに続いて例外ケースだな。

まあ、これで、とりあえず村の騒ぎは一件落着したかな？

ただ……この荒《あ》れた村を、そのまま放置して旅立つのは心苦しいので、二号に後で相談しよう。

俺が悶々《もんもん》と考えていたら、村人達が沢山目の前に集まってきた。

「ティーゴさん。サンゴーさん。村を救ってくれてありがとうございます！」

村人達が、俺と三号に深々と頭を下げお礼を言う。

「ずっと騙されていたことが分かった。これも全てティーゴさんとサンゴーさんのおかげです！　これからはみんなで力を合わせ、昔のような栄《さか》えた村に戻してみせます！」

村長さんが代表してお礼を述べてくれた。

「そこで、ティーゴさんに敬意《けいい》を表《ひょう》して、この村の名を【ティーゴ村】としたいんですが良いですか？」

はっ？　ティーゴ村だって⁉　ムリムリムリムリムリ！　何を言い出すんだよ。

「いやっ……それはちょっと……」

俺が困った顔をすると……。

「お気に召《め》しませんか？　なら【サンゴー村】はどうですか？」

と、違う名前を提案してくれた。

「おおっ！　いいんじゃないか？　なっ？　三号もいいよな？」

『まぁ？　私の名前がつくのはいいけど？』

三号は満更《まんざら》でもない顔をしている。意外とこういうのが好きなんだよな。

「ありがとうございます！　本日からこの名もなき村は【サンゴー村】になりました！」

「「「「サンゴー村ー！　サンゴー村ー！」」」」

名前が決まると、村人達はお祭り騒ぎのように盛り上がる。

みんな……良い笑顔だ。俺達が村に訪れた時とは全く別の顔をして笑っている。

……たまたまだけど、この村に立ち寄って良かった。

さあ、後は村の復興《ふっこう》だな！　よし。二号を呼びに行こう！

5　サンゴー村の復興

『まずは……この村の周りの柵だな？　こんなボロボロじゃあな！』

俺は異空間から二号を呼んで来て、村をどう再建したら良いか見てもらっている。二号は家を建てたり街を整備《せいび》したり、そういうことが得意なんだ。

二号を呼びに行ったら、銀太とキューが一緒に行くと言って聞かないので、この二匹も連れてきている。

初めて見たフェンリルを前に、さっきまで村人達はパニックになっていたけど、今では……。

「フェンリル様をテイム出来るなんてさすがティーゴ様だ！」

「ティーゴ様！　フェンリル様！」

ああ……っ。このノリはヤバいやつだ……！　もう神様やら天使やらの扱《あつか》いは、絶対に嫌だからな。勘弁《かんべん》してくれよ！

そんな中、二号は黙々《もくもく》と村を見て回っている。真面目《まじめ》な奴だ。

『ティーゴ！　この周りの壊れた木の柵は、土の壁《かべ》に変えるよ。魔獣が突進してきても壊れない頑丈《がんじょう》な土壁だ！』

「そんなのが作れるのか？」

『ああ。ティーゴも土魔法の練習として、俺と一緒に作らないか？』

「俺にも作れる？」

『ああ！　ティーゴの土魔法は大分上達してるからな。コツさえ掴めば簡単だ』

二号が俺にも出来ると言ってくれた。それなら……。

「もちろんやる。教えてくれ二号！」

『任せてくれ！』

俺にも土壁が作れるなんて楽しみだな。

★　★　★

『ではこの土壌《どじょう》を探るように魔力を伝わせて……ティーゴどうだ？　土の様子が分かるか？』

土の様子？　また難《むずか》しいことを言うなぁ……土の様子。

うーん……地面に魔力を流してみたらいいのか？　試しにそうしてみると、地面から色んな情報が伝わってきた。

「あっ？　ちょっと分かったかも！　土壌《どじょう》の色々な成分が分かってきた！」

『おっ、その調子だ！　それが分かれば、次は土壁を作っていくぞ。一番硬《かた》い成分だけを抽出《ちゅうしゅつ》し壁を作る！　こんな風にな？』

二号はパパッと高さ二メートルはある土壁を作ってみせた！

「凄い。さすが二号だな！」

俺だって負けないぞ。一番硬度《こうど》のある成分を抽出して……こうだな？　二号の三倍時間はかかったけど……どうにか土壁が出来た！

「どうだ？　二号？」

二号が俺の作った土壁を触《さわ》って確認する。

『うん。強度も問題ないな。初めてにしては上出来だよ！』

「やったー！」

『さぁ！　さっさと仕上げるぞ？』

俺と二号は、村の周りをグルリと土壁で覆《おお》った！

突然現れた土壁に、村人達は驚き騒ぎ出す……中には壁に向かって、涙ながらに拝み出す人まで現れた。村長さんとチョスは、口をあんぐりと開けて固まっている。

「あはは。チョス、何て顔してんだよ！」

「ああっ……ティーゴ!!　お前達は本当に何モンなんだよ？　こんなに立派な土壁を一瞬で……お前はもしかして人の姿をした天使なのか？」

「ちちっ、違うよ！　ちょっと魔法が得意な魔物使い《テイマー》だ」

はぁ……また天使。何ですぐに天使や神様扱いするんだよ。

「でも俺は、魔物使い《テイマー》でこんなスゲエ魔法が使える奴なんて、聞いたことねーぞ？」

「そっそうか？　それよりさっ！　ブルーティーの畑を見せてくれよ」

また変な天使騒動に発展しそうだったので、俺は急いで話を変えた。

「ブルーティーの畑か。それがな、全部収穫しちまって……見ても楽しくないぞ？」

「まぁまぁそんなこと言わずに、見たいんだ。見せてくれよ？」

そんなもん見て何が楽しいんだ？とチョスの顔には書いてあったが口には出さず、「分かったよ！　ついて来て」と言って案内してくれることになった。

『ティーゴ、壁だけじゃなくて、俺は家の壊れた箇所《かしょ》を補強《ほきょう》してくる！』

「二号、色々とありがとうな。助かるよ」

二号は村の奥へと走って行った。

「サンゴーさんも綺麗だなと思ったけど……ニゴーさんも綺麗な人だな。美人に囲まれて羨《うらや》ましいぜティーゴ！」

チョスが羨ましそうに、肘《ひじ》で俺を突いてくる。黒犬の姿だと可愛いだけだが、人化した姿はみんな美人だもんな。まさかケルベロスだなんて思わないよな。

ん？　あれは……？

村の広場で、銀太にキュー、それに……ハクとロウか！　みんなめちゃくちゃ楽しそうに踊っている。村の子供達も一緒にノリノリだ。

ジャイジャイ♪　ジャイコブ♪　ジャイジャイジャイコブ♪　キュキュウ♪♪

「楽しそうだな……」

あまりにもいつも通りの光景で、俺は少し苦笑《くしょう》してしまう。

チョスは嬉しそうに頷く。

「そうなんだよ。ティーゴの使い獣は楽しい魔獣ばかりだな！　俺達にワクワクする踊りを披露《ひろう》してくれてさ。その踊りを見てたら【蒼炎の轟】に怒ってたのがバカらしく思えてな！　ククッ」

「そうか。それは良かった！」

みんなが笑顔になる踊りか。さすがジャイコブダンスだな。

よく見たら、カーバンクル兄妹まで一緒になって踊ってる。可愛いなぁ。

「ティーゴ！　ブルーティー畑はこっちだ！」

仲良く踊るみんなの横を通りすぎ、俺とチョスはブルーティーの畑へと歩いて行く。

「これは……大きな畑だな！」

「今は刈《か》り取られて葉もないけど、新芽《しんめ》が出て来たら美しい藍色《あいいろ》の葉で埋《う》め尽くされるんだぜ？　まぁ……次は二ヶ月後かな？」

それを聞いて、俺はにやりと笑った。

「チョス？　驚くなよ？」

「えっ！　何だよ？」

俺は愛情たっぷりの水をブルーティーにかけていく。すると藍色の美しい新芽が姿を現し、あっという間にブルーティーの葉が急成長した。

これで村の収入源をすぐに得ることが出来るよな。少しでも復興の足しになればいいなと思い、畑に案内してもらったんだ。

「なっ……？　俺は夢でも見ているのか？　何が起こったんだ？」

チョスが何度も目を擦《こす》っている。

「俺の水魔法は、植物を急成長させることが出来るんだよ」

「こんな……こんな……お前はやっぱり天使様なんじゃねーか！」

チョスが泣きながら抱きついてきた。

「なっ？　ちっ、ちが⁉　人族だ。人族。天使とは違うからな」

「分かったよ。そういうことにしとくよ。すんっ。今の姿は世を忍《しの》ぶ仮の姿なんだろ？」

「だから！　忍んでねーし！　俺は人族だってば！」

「はいはい。分かったたって」

本当に分かったのか？　変な風に誤解《ごかい》してないか？

「とりあえず俺、じーちゃん呼んでくるわ！」

そう言って村長さんを呼びに行った…………はずが！

チョスは村長さんだけでなく、大勢の村人達を引き連れてブルーティー畑に戻って来た！

みんな、畑を見てビックリしている。

口をあんぐり開けている人、目をまん丸にしてる人、みんな驚きを隠せない……。最後にはみんな泣き出し……俺に向かって手を合わせる。

ちょっ、なっ⁉　チョスの奴、村人達にどんな説明したんだよ。

俺がチョスの方に目をやると、親指を立ててウインクして来た。

いやいやいやいやいや、チョスよ？　ウインクしてんじゃねーよ！

はぁーーっやっぱり。何も分かってないじゃねーか！

6　そのころのパール達

ティーゴがまた天使様になりそうな時。

パール達はというと、切り立った崖《がけ》の上から下を見下《みお》ろしていた。

「ふむ？　三百年前はこの崖下に、ベヒーモスの奴が住んでおったんじゃが……今もおるのかのう……？」

『さすがにこの距離《きょり》じゃ、下りてみねーと分かんねーな？　主？　俺の背中に乗りな。飛んで下りよう！』

「よし！　スバル、任せたのじゃ！」

パールと一号は、本来の姿に戻ったスバルの上に飛び乗る。

スバルはパールと一号を乗せ、崖を急降下していく。

「よしスバルよ！　あの水が流れておる辺りに着地するのじゃ」

『分かったよー！』

スバルは水辺に舞い降りた。

（ふむ？　この水辺近くにベヒーモスの家があったはずじゃが……）

スバルの背から飛び降り、キョロキョロとパールが辺りを見回す。

「おっ！　あったあった。あれじゃ、あの小屋。昔と一緒じゃ」

パールは木で出来た、ボロいほったて小屋に向かって走って行く。

小屋に着くなりパールが扉を開けると、そこには、太くて大きな二本のツノを持つ、四メートルはある魔獣が立っていた。

両手に大きなチーズの塊を持って。

腰には似合ってない花柄のエプロンを巻いて。

『なっ！　何勝手に入って来てるんだ？　ここが誰の家か分かってんのか？』

「誰ってベヒーモスよ？　お主の家に決まっとろう？」

『やけに偉そうに喋る猫だな？　食われたいか？』

「ほう……？　このワシを食うとな？　三百年たったら喋り方まで変わったのか？　ベヒーモスよ？　死にかけたお主を誰が助けてやったと思ってるんじゃ？」

『はっ……なっ？』

パールの言葉にベヒーモスは目を見開く。

「まだお主が小さな時に、この崖から転《ころ》げ落ちたんじゃよな？　運悪く落ちた場所に長剣があって、それが腹に深く突き刺さり、死にそうだったのう？」

『なっ……何でそれを知って？　知ってるのは…………っ』

パールの言葉にベヒーモスの態度が急変していく。

「誰がリザレクションの魔法をかけたと思ってるんじゃ？」

『そっ……それは……』

「お主が今大事そうに持っておる、チーズの作り方を教えたのは誰じゃ？」

『まさか……そんな⁉』

「んん？　誰じゃ？」

『カッ、カスパールざまでず……！　うっうう……うわーーんっ』

ベヒーモスは子供のようにわんわんと泣き出した。

「そうじゃ！　久しぶりじゃのう、ベヒーモスよ？　三百年ぶりかの？」

『カスパールざま……ずっと会いだがった』

「そうか？　それは嬉しいのう」

パールはベヒーモスの肩に乗り、頭を優しく撫でる。

『カスパール様。何で急に遊びに来なくなったんや！　ワイ、めっちゃ待っててんで？』

急に口調《くちょう》が変わったベヒーモスが口を尖《とが》らせる。

「いやだって……ワシ死んだから」

ズコーッと、ベヒーモスは思いっきりズッコケる。

『何でや！　死ぬて！　ワイこの場所でずっと待っててんで！』

「いや……人族の寿命《じゅみょう》は短いんじゃよ？」

『ほな！　何で生き返ってん？　猫の姿で？　おかしいですやん？　猫て！　カスパール様。猫てっプッククッ……』

ベヒーモスが少しバカにしたように、パールを見て笑う。

「何がおかしいんじゃ！　お主、さっきまで泣いておったくせに！」

『いや……猫て！　猫！　カスパール様が猫！　ププッ』

「猫になったのは変身しとるだけじゃ！　ワシは魔王として生まれ変わったのじゃ！」

『ままっ！　魔王⁉』

するると、パールは本来の魔王の姿に戻る。白い長髪を後ろに流した、背の高い美丈夫《びじょうふ》だ。

『ホンマや！　魔王さんや！　カッコええわぁ……♡』

「えっ？　ワシ……カッコいい？」

『めちゃくちゃカッコええ！　はぁ……さすがワイのカスパール様や！』

『なっ……！　さっきから黙って聞いてたら。何がワイのカスパール様だよ！　お前のもんじゃねーよ！　俺の主だ！』

後ろで待機していたスバルがベヒーモスをギロッと睨《にら》み、間に割って入った。

『はぁ？　何なん？　グリフォン？　ワイに文句あるん？　ワイはカスパール様と話してるんですー！　お前と話してないわ』

『なっ、何だと。おいお前？　細切れにして焼いて食ってやろうか？』

『食えるもんならどうぞ？　ワイの肉、硬くて旨《うま》ないけど？　ほれでもエエんやったらどうぞ！』

『ムカつく牛ヤローだな！　主、コイツ炭にしていいか？』

そんな二匹の姿を見たカスパールは、少し呆れ気味に大きなため息を吐いた。

「スバルにベヒーモスよ？　ケンカはダメじゃ？　仲良く出来ないならワシはもう帰る」

『そんな殺生《せっしょう》な！　ワイ、やっとカスパール様に会えたのに。ゴメンて！　もう言わんから？　許してーな？　なっ？　カッコええグリフォンさん』

ベヒーモスは自身の両手を揉みながら、スバルにゴマをする。

『カッコいい？　まっ……まぁ？　主が言うなら仲良くしてやってもいいけどな？』

ケンカが収まったのを見届けてから、パールはゴホンッと咳払いをした。

「それでの？　お主に会いに来たのはじゃの。ワシらと一緒に住まんかの？　と誘いに来たんじゃよ」

『えっ……？　ワッ、ワイが？　一緒に住んでエエん？　そんなん絶対にオッケーに決まってるやん！　住むて、絶対に住む！　っていうか住まわせてえな！』

ベヒーモスは鼻息荒《あら》く興奮気味に返事をする。

「そうか……それは良かったのじゃ！　それで一緒に住むにあたって、仕事もしてもらいたい！」

『仕事？　何でもしますよ！』

「お主のスキル、ミルク精製《せいせい》で美味しいミルクを作って欲しいのと、そのミルクでチーズを作って欲しいのじゃ！」

パールの言葉に目を丸くして固まるベヒーモス。

『……それが仕事？　そんなん絶対する！　いつもしてる好きなことやん。仕事でなくてもしたい。ワイな？　ずっとカスパール様のためにチーズを作ってたんやで？』

「そうか……それは嬉しいのう。これからも頼むのじゃ！」

『それは任せて！　ほな行こか！』

『気が早いなぁ……』

「そうっすね」

そんなベヒーモスの姿を少し呆れ気味に見るスバルと一号。

『あっ！　そうや。ワイの卵部隊も連れてってエエ？』

「卵部隊って何じゃ？」

パールとスバルが不思議そうにベヒーモスを見る。

『美味い卵を産んでくれんねん。連れて来るわ！』

そう言って、ベヒーモスはコカトリスを十匹連れてきた。

パールは思わぬ収穫に目を丸くする。

（おおっ美味い卵まで手に入るとは……これはティーゴが喜びそうじゃのう）

「さて……？　ティーゴの所に戻るか！」

パールは首から下げたペンダントを見る。ふわふわした毛の中に埋まっていて見えにくいが、それはティーゴに作ってもらったお揃いのアイテムだ。ティーゴとパール、そして使い獣達はこれを【高貴《こうき》なるオソロ】と呼ぶ。

（これがあるからティーゴの場所などすぐに分かる）

このペンダントには、仲間の魔力を感知する機能がついていた。

『へっ？　ティーゴって何ですねん？』

「それは後で説明するのじゃ！　では転移するのじゃ」

パール達はティーゴのもとへ転移した。

★　★　★

村人達の俺を見る目が明らかにおかしい……絶対にチョスのせいだ！

頼むから手を合わせて拝むのだけはやめて！

ブルーティーの畑を後にして村に戻ると、俺はさらに驚きの光景を目にする。

何と全てのボロ家が、綺麗な家に生まれ変わっていたのだ。まるで新築したみたいだ。

『あっティーゴ！　今ちょうど全ての家の修理《しゅうり》が終わったところだ。どうだ？　ボロい家ばかりの村ではなくなっただろ？』

二号が満面の笑《え》みで走って来た。

おいおい二号よ、これ絶対やり過ぎだよ！　もう別の村じゃねーか！

家を見た村人達の感嘆の声が、あちこちから聞こえて来る。

嗚咽《おえつ》を漏《も》らし泣きながら喜ぶ者、絶叫《ぜっきょう》する者、神に祈りを捧《ささ》げる者……村人の反応はさまざまだが、全ての村人達が最後には俺の所に、泣きながらどんどん集まってくる。

何これ！　何でみんな、示し合わせたかのように俺の所に集まり平伏《ひれふ》してんの！

こんなのどう対応したらいいんだよ。

村人達に何回も「頭を上げて普通にして」って言ってもしてくれない。

言っとくけど、俺が好きでさせてる訳じゃないからな。

「ほう……？　ティーゴはまた面白いことをしとるのう？」

「パール！」

何とも嫌なタイミングで、パール達が帰って来た。

『何だ？　この村で何があったんだよ？　ティーゴの旦那？』

『本当っすね？　みんながティーゴんとこに集まり平伏《へいふく》してるっすね？　ティーゴの新しい遊びっすか？』

『遊び？　ティーゴの旦那の新しい趣味《しゅみ》じゃねーの？』

スバルと一号がニヤニヤと笑い、面白おかしそうに聞いてくる。

そんな変な趣味や遊びはないからな。勘弁《かんべん》してくれ。

言っとくけど、俺に変な性癖《せいへき》はないからな！

はぁ……帰って来るタイミングが悪過ぎだよ！

「ところでパール？　ベヒーモスは見つかったの？」

「もちろんじゃ！　連れて帰って来たのじゃ。目立つからこの村の外で待機させておる。其奴等を異空間へ連れて行きたいんじゃが？」

「そうか、分かった。ベヒーモスが待機してる所に行こう」

「ふむ！　ついて来るのじゃ」

村人達に自分達の家に帰るよう促し、俺はパールの後を追いかけ、村の外へ逃げるように走った。

村を出ると、一際《ひときわ》目立つ魔獣が立っていた。

「わっ……あれがベヒーモス……」

『おお！　あんさんがティーゴか。ワイ、ベヒーモスでんねん！　よろしゅう』

「しゃっ、喋れるのか⁉」

「此奴《こやつ》はのう、ワシと話したいからと、必死に練習して人語が話せるようになったんじゃ」

パールはそう言って、さも自分が凄いかのように踏《ふ》ん反《ぞ》り返るが、練習するだけで話せるようになるもんなのか？　いや、きっとベヒーモスのランクが高いからだろう。

カーバンクルやキラが最初から話せたのも、多分同じ理由だ。神獣やドラゴンはベヒーモスより高位の存在だから、練習しなくても良かったんだろうな。

「ティーゴだ、……よろしく」

大きな手を差し出されたので、俺はその手を握り返す。

ベヒーモスは四メートル以上ある体躯《たいく》にイカツイ見た目、腰には可愛い花柄のエプロンを巻いた、変わった見た目の魔獣だった。

パールの奴、また変わった魔獣を連れて来たな。

「それにベヒーモスが飼《か》っている卵部隊もおるぞ？」

パールが得意げに話す。

「卵部隊？」

「このコカトリス達じゃよ！」

ベヒーモスのキャラが濃《こ》過ぎて気付かなかったが、よく見ると、その後ろでは数匹の鳥がウロウロしていた。神眼で確認して、俺は思わず声を上げる。

「わぁっスゲエ。卵を産むコカトリス！　レア中のレアだよ。ベヒーモスは凄いなぁ」

『えっ？　ワイが？』

「そうだよ！　こんなレア魔獣を飼ってるなんて憧《あこが》れるよ」

『ワッ、ワイに憧れ……!?　そそっ……そう？　ゲフンッ、ティーゴ！　ワイはお前のこと、気に入ったで！』

ベヒーモスが急に俺に擦り寄ってきた。

「わっ！　あっ……ありがとな」

とりあえず異空間の扉を出し、ベヒーモス達を連れて行く。卵を産むコカトリス達まで連れて帰ってくれたのは最高に嬉しい。大興奮だ！

何てったって卵を産むコカトリスは、千匹中に一匹居るか居ないかのレアな存在なんだ。それを十匹も！

コカトリスの卵は、市場に中々出回らない貴重なレア卵！　もちろん食べたことはない！

はぁ……それが食《しょく》せるなんて。最高に幸せだ！　レア卵を使ってどんな料理を作ろうかな……？

★　★　★

『扉の向こうに別世界があるって！　めっちゃ凄いやん！　何ここ？　こんなのあるん？』

異空間に連れて来たら、ベヒーモスは大興奮！　ウロウロしながら楽しそうに、異空間探索《たんさく》を楽しんでいる。そんなベヒーモスに二号が近寄る。

『おい。ベヒーモスよ？　お前の家はこの辺りでいいか？　何処か建てて欲しい場所があるか？』

二号が早速、新しい仲間の家を建ててくれるようだ。優しいな。

『ワイの家？　建ててくれるん？　二号はんは優しいなぁ。ワイな？　水場の近くがエエねん』

『水場？……ふむ。家の横に大きな池でも作るか』

二号がそう呟《つぶや》くと、瞬《また》く間に大きな池が出現した！

そして、その横にささっとベヒーモスの家を建築した。この間、何と数分の出来事。

突然出現した新しい家に、驚きを隠せないベヒーモス。

『こんなにカッコエエ家に、ワイが住んでエエのん？　はぁー……二号はんのこと、ワイ、気に入ってもーた。仲よーしてな！』

二号を抱きしめるベヒーモス。

『おっ……おう』

ベヒーモスは二号にグイグイ迫《せま》る。ちょっと戸惑っているが二号も満更でもない様子。

無口な二号には、お喋り過ぎるくらいのベヒーモスが、意外と相性《あいしょう》が良いのかもしれないな。

家の横にはベヒーモスが世話しやすいようにと、コカトリス小屋もちゃんと作ってあった。二号って本当マメだわ！

『ティーゴ？　あの大きなベヒーモスには名前付けないの？　あの子だけ名前がないの！』

ティアがそう聞いてくる。確かにな……名前があった方が便利だよな。

名前か……ベヒーモス。ベヒー？　モス？　ベヒィ！

「なぁベヒーモス？　名前を付けてもいいか？」

『ワイに名前くれるん？　ホンマに？……嬉しい』

「ベヒーモス！　お前の名前はベヒィだ！」

突如《とつじょ》、眩《まばゆ》い光が辺りを包んでいく……。

【ベヒーモス】
名前　ベヒィ
種族　牛怪物族
ランク　S
年齢　488
性別　ナシ
レベル　380
攻撃力　56470
魔力　33650
体力　66450
幸運　3680
スキル　ミルク精製　猪突猛進《ちょとつもうしん》　怒りの咆哮《ほうこう》
主　ティーゴ

えっ……？　ちょっ何で？　俺、名前を付けただけだよな⁉　何でテイムしてるんだ？

『ワッワイ……テイムされた！　テイムってこんなに胸が温かくなるん？　嬉しい……ワイな、幸せで胸いっぱいや』

ベヒーモスは感動で体が震えている。俺は驚きで震えが止まらない。

『ワイ……生まれて初めてテイムされてん。ワイの初めてがティーゴ……！　ワイの初めてもらってくれてありがとう。不束者《ふつつかもの》ですがよろしゅう！』

ちょっ⁉　テイムのこと、変な言い方するな。何だよ、ワイの初めてって。ったく。

するとベヒィが擦り寄って来た。俺は戸惑いながら挨拶を返す。

「よっ……ヨロシクな？」

何で？　名前を付けただけなのに……テイムしちゃってるんだ？

キューやリンリンの時はテイム扱いにはならなかったぞ？　まあ、アイツ等はSランクじゃないからそもそもテイム出来ないんだけど……ん？

もしかして……ベヒィがSランクだからか？

俺……Sランク魔獣に名前を付けたら、それだけでテイムしちゃうのか？

まさか……な？

★★★

再びサンゴー村に戻ると、銀太達はまだ楽しそうに踊っていた。さっき見た時は子供達だけだったけど、今は大人も交ざりお祭り騒ぎだ。笑顔が溢《あふ》れみんな楽しそうだ。

「スゲエ……」

『主〜！　何処行ってたのじゃ！』

俺に気付いた銀太が、尻尾をご機嫌《きげん》に揺らせ走って来た。

「ちょっと異空間に戻ってたんだ。銀太は楽しそうだな？」

『楽しいのだ！　いつの間にかこんなに沢山の人が集まってきての？　お祭り騒ぎなのだ！』

「ふふっ……そっか。じゃあこのまま肉祭りにするか！」

『肉祭り！　やったのだー！』

『なにぃ？　肉祭りジャイ？』

『ほう？　最高に盛り上げるコブよ？』

銀太の肉祭りの声を聞き付けたハクとロウが、踊りながらやって来た。

俺はいつものように、焼き台をアイテムボックスから出して、肉祭りの準備を始める。

異空間に居るみんなも呼んで来て、楽しいお祭り騒ぎのスタートだ。

「はぁぁ……うめぇっ……すんっ！　こんなに美味い肉は初めて食べた」

チョスが泣きながら肉を頬張っている。村人達も泣きながら食べている。それだけこの村の人達は……飢《う》えていたんだろう。

「美味しいーじあわぜっー」「うっううう……」「神様ありがとうー生きていて良かった……」「ううっ……幸せ」

美味しそうに食べるみんなの顔を見てたら嬉しくなる。

この顔を見ると、肉祭りをして良かったって本当に思う。

『オイラ！　こんなに楽しいご飯は初めてだ。ありがとティーゴ！』

『おいちいのっ、ありあとー！』

カーバンクル兄妹が俺の顔に頬を擦り寄せてきた。わっ、何これ！　可愛過ぎるから。

ハクとロウ、そしてキューがいつものように踊りまくり、祭りをもっと盛り上げる。

ジャイジャイ♪　ジャイコブ♪　ジャイジャイコブ♪　キュッキュウ♪

サンゴー村での肉祭り&ジャイコブダンスパーティーは、明け方まで続いた……。

★　★　★

んんっ……！　もう朝か……？　俺は異空間にある広間で目を覚ました。みんなの寝息が聞こえてくる。そうか、それぞれの部屋に戻らずにここで雑魚寝《ざこね》しちゃったのか。

昨日は肉祭りに、ジャイコブダンスパーティーまでしたっけ。ふふっ……楽しかったな。

さっ、みんなが寝てる内に朝ごはんを作るか。……えっ？

「なっ……何で？」

何でカーバンクル兄妹が一緒に寝てるんだ？

俺の顔に擦り寄るように、二匹はスヤスヤと寝ていた……。

知らない内に異空間について来ちゃったのか？　とりあえず、気持ち良さそうに寝てるからこのままにしとくか！

俺は静かに家の外に出て、ベヒィの家を目指し歩いて行く。

『お……っ、ティーゴ……起きた……？』

「あっ！　おはようキラ！」

キラが俺を見つけて飛んで来た。

「キラは飛ぶのが上手くなったな！」

『そうか？……オデ、嬉しい』

「今日はドラゴン渓谷に向けて進もうな？」

『うん！……オデ、楽しみだ』

「朝ごはんを食べたら出発しよう。じゃっ、ご飯が出来たら呼ぶな」

キラに手を振り、俺はベヒィの家に急ぐ。

ベヒィの家の扉をノックして開ける。

「おはようベヒィ！……あれ？　居ないのか？」

もしかして、コカトリスの世話をしているのか？

コカトリス小屋の方に回ると、思った通り、ベヒィが一生懸命餌《えさ》やりをしていた。

朝から頑張っているな。

「おはようベヒィ！」

『あっ！　おはようさんティーゴ。どないしたん？』

「ベヒィの美味しいミルクと卵を貰いに来たんだ」

『ワイの美味しいミルクやと？　また嬉しいこと言うて、なんぼでもどーぞ！　大盤振《おおばんぶ》る舞《ま》いや！』

ベヒィは家の保管庫から、大量のミルクが入った、高さ一メートルはある入れ物を持ってきた。

『ワイ特製のチーズは？　いらんの？』

「チーズ？　もちろんいるいる」

『ほなまた後で！　朝ごはん、楽しみやわ』

「ありがとうな。ご飯が出来たら呼ぶからな」

ベヒィの家を後にし、俺は外に新しく作った調理場に向かう。

家に入れないキラのような大きな魔獣も増えたので、二号に作ってもらったのだ。外ならみんなで食べられるからな！


さて、初めて見るコカトリスの卵は想像以上に大きかった。五十センチはあるよな？

せっかく幻の卵が食べられるんだ。今日はシンプルにふわふわ卵焼きにしよう。

大きな卵を割り、そこにベヒィ特製ミルクを入れてよく混ぜる。この時、風魔法が役に立つんだよな！

大きなフライパンにバターを入れ、溶《と》けてきたら卵液を流し入れる。

ここからはスピード勝負だぞ！

卵液をかき混ぜ、次はトロトロになったそれを、フライパンを動かして丸く形を整えていく。

よしっ、シンプルなふわふわ玉子焼きの完成だ。

思わずゴクリッ……と喉が鳴る。味見してみようかな。

ひとくち味見すると……‼

「うんまー！　何これ。めちゃくちゃ美味い」

味付けは玉子とミルクだけなのに……濃厚なコクがあって深い味わい。

最強の玉子とミルクのコンビネーションは、半端《はんぱ》ない破壊力だな！

ヨシッ、どんどんコピーしていくぞ！

チーズが中に入ったバージョンも作ろう。これも絶対美味いヤツ！

後はそうだな……パンを焼いて、野菜のスープを作るか。


『主！　美味いのだ、このふわふわの玉子のやつ。我はいっぱい欲しいのだ！』

『美味しいの！　ティアは最高なの！』

銀太の尻尾のブンブンが止まらない。ティアは食べながらパタパタ飛び回る。

『美味い！　玉子がこんなにふわふわ……はなっ⁉　ななっ中にチーズが⁉　おいおい……こんな爆弾を中に仕掛けやがって……フィ～っ、危ない危ない』

スバル？　何がだよ。何も危なくないよ！　チーズが中に入ってるだけだ。

「ふむ。玉子焼きが……こんなにふわふわ……初めて食べたのじゃが気に入った。ワシ、おかわりじゃ！」

『ちょっと！　私もおかわりよ！』

『俺もだ！』

『あっしもっす！』

パールと一号、二号、三号が食べ終わり、おかわりを急《せ》かす。

こんな時、コピー料理のスキルは便利だな！　いくらでもすぐにコピー出来る。

『美味いな……ワイのミルクと玉子がハーモニーを奏《かな》でとるやないか！　はぁ……美味

い！』

ベヒィも気に入ったみたいだな……ちょっとスバルみたいな大袈裟な感想が気になるが。

『おいちーの！　たまごがふわふわ♪』

『オイラ……こんなに美味しいの食べたことない。……幸せだ』

カーバンクル兄妹も美味そうに食べてるな。

みんなが美味しいって言って食べてくれるのは本当に嬉しい。これからも大切な仲間《コイツら》に
もっといっぱい美味い飯を食べさせてやりたいな。

……さてと。ご飯を食べ終わったら、サンゴー村のみんなに挨拶して、ドラゴン渓谷に
向けて再び出発だ！

★　★　★

サンゴー村には、俺と三号とパールと銀太で、お別れを言いに来た。

「ティーゴ……もう行ってしまうのか？　もっとゆっくりこの村に居てくれていいんだ
ぞ？　なんならずっと居てくれても……」

チョスが唇を一文字に結《むす》びながら、俺と別れの握手《あくしゅ》を交わす。その気持ちが俺は嬉しい。

「ありがとうなチョス。ゆっくりしたいんだけど……行きたい場所があるんだ」

「……そうか。俺、寂しいよ。すんっ」

涙を堪えようとして洟《はな》をすするチョス。

「あっ！　そうだ。チョスの怪我した足、見せてくれよ！」

チョスはずっと左足を引きずりながら歩いている。それが気になってたんだよな。

「こんな役に立たない足なんか見せても……」

俺はチョスの足に向けて魔法を放った。

《リザレクト》

チョスの足の怪我が治癒《ちゆ》されていく。

「はっ、なっ……？」

「これで普通に歩けると思うよ？」

パールがチョスの足を見て感心したように頷く。

「ほう？　回復魔法も中々上手くなったのじゃ！」

「パール先生の特訓のおかげだよ！」

チョスはプルプルと震え、何も喋らない。

「あれ？　おーいチョス？」

「ティーゴ！　ありがどうっ、ありがっ……うっうう」

チョスがいきなり抱きついてきた！

「なっ……どうしたんだよ？」

「ごのっ……この傷はっ、もう治らないって言われてだんだっ！　ふうっ……なのにっ治った……嬉しい。ありがとう！　ありがとうティーゴ！」

チョスは涙ながらに話してくれた。そんなことなら、もっと早くに治してやれば良かった。

俺は泣きやむまでチョスの頭を撫でてやった。

喜ぶチョスを見てパールは……何を思ったのか「よしっ決めたのじゃ！　ティーゴよ？村人みんなの傷も治してやるのじゃ！　これも魔法の練習じゃ！」などと言い出した。

まあ、みんなのためになることだし、いい提案だと思う。

そしてチョスが村人達を集め、それぞれの体の悪いところを俺が治療《ちりょう》していった。

この時に気付いたら良かった。村人達の俺を見る目がおかしいことに！

全員の治療を終えた俺に、チョスが包みを一つ手渡してきた。

「ティーゴ……俺達の村を救ってくれてありがとう。これはブルーティーの苗《なえ》だ！　これを見たらこの村を思い出してくれよ！」

「わぁ！　チョスありがとう。嬉しいよ」

「天界《てんかい》に戻っても、たまには地上に降りてきてくれよ！」

「はぁ？　天界って⁉」

「分かってるよ？　秘密なんだろ？　じゃあな？」

「「「ありがとうございました！　天使ティーゴ様！」」」

そう言って村人全員が俺に向かって跪《ひざまず》いた。

ヒィィー！　やめてって言ってもやめてくれない。

俺は足早に村を立ち去った！

これ絶対パールのせいだからな！

★　★　★

村から大分離れたところで、俺は息を切らしながらパールに抗議《こうぎ》した。

「もうパール！　また天使って言われたじゃんか。はぁぁ……」

「まぁ良いではないか！　ププッ……天使ティーゴ！　ププッ」

「笑ってるだろ！」

次の村や街に行った時は気を付けないとな！

ま、過ぎたことは忘れよう。さぁ、異空間に居るキラを呼んで、ドラゴン渓谷に出発だ！

あっ……カーバンクル兄妹も呼んで来ないと。このままだと一緒にドラゴン渓谷に連れて行ってしまうからな。俺は異空間の扉を開ける。

「キラー！　それからカーバンクル達！」

呼ぶとすぐにキラが飛んで来た。

『ティーゴ、呼んだ……？』

「おう。今からドラゴン渓谷に向かうからな。異空間から出て来いよ？」

『分かった……オデ、楽しみ』

キラは前脚をモジモジさせ、異空間の扉から嬉しそうに出て来た。

ププ……見た目はイカツイのに、何だか可愛いんだよな、キラは……。

『ティーゴ！　オイラのこと呼んだか？』

『よんだ～？』

カーバンクル兄妹が、ぴょんぴょん飛び跳《は》ねながらやって来た。

「呼んだよ。お前達がこのまま異空間に居たら、一緒に連れて行ってしまうだろ？　だから……」

『オッ……オイラが異空間《ココ》に居たら嫌なのか？』

カーバンクルが急に泣きそうな顔をする。

「えっ？　嫌じゃないよ？　でもこのままいたら、俺達と一緒に旅をすることになるよ？」

『オイラ……ティーゴと一緒に居る。ココは誰にも嫌なことされない。オイラ幸せ』

『いっちょにいる！』

カーバンクル兄妹が一緒に居たいと言い出した。

「えっ……一緒に？　おっ……俺は別に構わないけどな？　仲間が増えるのは大歓迎だ！」

『……オイラ達、一緒に居ていいのか？』

「おう！　ヨロシクな？」

『オイラ、嬉しい！』

『うれちー』

カーバンクル兄妹がぴょんぴょんっと俺の肩に飛び乗り、頬を擦り寄せて来た！

はぁ……っコイツ等、やっぱり可愛過ぎる！

そうだ、一緒に居るなら、カーバンクル兄妹にも名前を付けてやらないとだよな……

はぁ。

でも最近名付けをやり過ぎて、名前のアイデアがもう出て来ない。困ったな。

よし。もう直感だ！

「カーバンクル兄妹？　お前達に名前を付けてやるからな？」

『えっ……オイラに名前？　うっ嬉しい……』

『にゃまえ……うれちい』

カーバンクル兄妹が、瞳を輝かせ俺を見て来る。

そんなに期待した瞳で俺を見ないでくれ！　カッコいい名前を付けられなかったらゴメンな？

そうだな。目を閉じて次に開けた瞬間、カーバンクル兄妹を見た時に、浮かんだ名前にしよう。

よし……ゴクリッ。

俺はカーバンクル兄妹を見る。

「カーバンクル兄！　お前の名前はユパだ。カーバンクル妹！　お前の名前はパティだ」

眩い光が辺りを優しく包んでいく……。

【カーバンクル】

名前	**ユパ**
種族	**神獣**
ランク	**S**
年齢	**10**
性別	**男**
レベル	**25**
攻撃力	**21650**
魔力	**45680**
体力	**18650**

幸運　２６８０
スキル　獣魔操作《じゅうまそうさ》
主　ティーゴ（大好き）
ユパとパティは双子《ふたご》のカーバンクル。

【カーバンクル】
名前　パティ
種族　神獣
ランク　S
年齢　10
性別　女
レベル　10
攻撃力　１５８９０
魔力　４１６５０
体力　１２５６０
幸運　３５６０
スキル　神々の声

主　ティーゴ（大好き）
ユパとパティは双子のカーバンクル。

『えっ⁉　オイラ……テイムされたのか？　テイムって……こんなに幸せな気持ちになるのか？　ティーゴがオイラの主……嬉しい。胸がくるしい。嬉しくても涙って出るんだな。ううっ……ティーゴありがとう。すんっ、名前付けるだけじゃなくて、テイムしてくれて。オイラ幸せだよぉ』

『しあわしぇ……パティうれちい』

ユパとパティが俺の肩の上で、またも頬をスリスリして来る。可愛過ぎるだろ！

だが、何でテイムしてるんだ？　ベヒィの時と全く同じだ。

……これで分かった。気のせいじゃない。名前付けただけでテイムしちゃってる！

——何でだ？

7　出発

ユパとパティをテイムした後、俺は気を取り直してキラにこの後どうしたいかを尋ねた。

「キラ、どうする？　この山を飛んで越えるか？」

『うーん……？　オデ、山を歩いてもみたいし、飛んでもみたい……どっちも。オデ……ティーゴ達との旅、何しても楽しい』

キラは恥ずかしいのか、前脚をモジモジさせる。

「そうか？　嬉しいな。ありがとキラ」

キラがどっちもって言うんなら……まずは山を探索したいよな。

はぁー楽しみだな。どんな薬草や美味しい果実があるのかワクワクする。

そして実際に探索してみると、山は想像していたよりも、かなり険《けわ》しい傾斜地《けいしゃち》だった。登るのも一苦労だ。

迂回《うかい》して通るための、ちゃんと整備された街道もあるんだけど。やっぱり行ったことのない山なら、未開の道を行きたいよな！

山の探索メンバーは俺、キラ、銀太、ティア、スバル、一号、ユパのメンバーだ。俺以外はスイスイと山を登っている。

――ん？　何だ？

「あれは何だ？」

赤い靄《もや》か？　五十メートル先は赤い靄で覆われていた。

『ほう……香《かおり》キノコだな！』

「香キノコ?」

『そうなのだ！　香キノコは食べると最高に美味いんだが、取ろうと近寄った者は、あの赤い靄の空気を吸い込み眠《ねむ》ってしまうのだ』

「そんな！」

『しかも香キノコの後ろに、大きな花が咲《さ》いておろ？　キノコが眠らせた者達を、片《かた》っ端《ぱし》から食虫花が食べていくのだ！』

ひぃっ、何その怖い花！

銀太が香キノコについて説明してくれたんだが、食虫花がセットなんだな。

『主は赤い靄が見えるようじゃが、普通の人族や低ランク魔獣はそれが見えぬ。じゃから匂いに惑《まど》わされ、突然眠ってしまうのだ。そこを食虫花がパクリ！』

何て怖い、キノコと花の連携《れんけい》プレイ！

『まぁ？　我くらいになると近寄っても眠らんがの！』

そうか！　じゃあ近寄っても平気だな！

俺は香キノコを収穫していく。本当に良い香りだな！

鑑定《かんてい》してみると、こんなことが書いてあった。


【香キノコ】

ランク　Ａ
赤い胞子《ほうし》を吸うと眠ってしまい、二十四時間目が覚めない。食虫花とセットで生息している。
お吸い物や米との相性が抜群《ばつぐん》に良い。
そのまま焼いて食べても美味しい。

ふーん、靄の正体は胞子だったのか。

香キノコはめちゃくちゃ美味そうだけど、後ろの花はどうなんだ？

「この花は？　美味いのか？」

『この花の蜜は美味いんじゃが、ジュエルフラワーには劣《おと》るのだ！』

なるほどな。じゃあいらないか。

俺は食虫花の周りに生息している、香キノコだけを収穫していく。

その時、ふと食虫花の花茎《かけい》の部分が目に留まる。

「ん？　なぁ銀太……あの花茎のところ、少し膨らんでないか？」

『ふむ？　となると、何か食べたばかりかの？』

食べっ……えぇ!?　ちょっ！　もしかしたら人族が食べられたのかもしれないよな？

「なぁ銀太、中の奴を助けること、出来るか？」

『ふむ？　まだ息があるのだ』
生きてる！　じゃあ助けたい。
「銀太？　中に居る奴を助けたいんだ。どうしたらいい？」
『……助ける？　分かったのだ』
銀太は食虫花を風魔法で真っ二つに切り裂いた！
中から出て来たのは……えっ？　ガンガーリス？　まさかキューが⁉
「キュー？」
……違う。よく見るとキューじゃない。でも、何でこんな所にガンガーリスが？
《リザレクト》
俺は弱っていたガンガーリスに、リザレクトを唱えて回復させた。
『キュッ？　キュキュウ⁉』
意識がハッキリしたガンガーリスは、銀太達を見てパニックになり震えが止まらない。
大きな尻尾を抱きしめて涙目だ。
「大丈夫だから？　俺達はお前に何もしないから、約束する」
俺は優しくガンガーリスに話しかける。
『キュキュウ？』
俺の言葉が分かるのか、ガンガーリスは本当に？　とでも言っているかのように首を傾げる。

「大丈夫。俺達の仲間にはガンガーリスだって居るんだぜ?」

『!?』

俺がそう話すと。ガンガーリスが俺の所に、一目散に走り寄って来た!

「へっ?」

『キユキユウ!　キユウ!』

ガンガーリスが凄い勢いで喋り、俺に何かを訴《うった》えているのが分かる。どーしたんだ急に?

『キユキユウ!　キユウキユキユウ!』

「ちょっと待ってくれ?　落ち着いてくれ」

『主~?　どうもこのガンガーリスは探している仲間がおるらしい。もしかしたらその仲間かもしれんから、キューに会わせてくれと言うておる』

ガンガーリスの言葉を銀太が通訳してくれる。えっ……探していた仲間?

「そっ……そうか。分かったよ、ついて来い」

俺は異空間の扉を開け、キューの所に案内する。

多分レインボーマスカットの畑に居るはずだ。

「キュー?　いるか?」

『キュッキュウ♪』

名前を呼ぶと、レインボーマスカットの畑からキューが飛び出して来た。

『キュッ⁉』

こちらを見て、キューがビックリしている。

「どうした？　キュー？」

『キュキュウ！』

連れて来たガンガーリスが、キューを見てプルプルと震えている。

『キュキュウ！』

『主～！　どうやら探していた仲間は、キューらしいのだ！　やっと会えたと言うておる』

「本当に？　そんなことある？」

キューも久しぶりの友達？　に会えて嬉しそうだ。

とりあえず良かった……のか？

はぁ……偶然だけど、食虫花からガンガーリスを助けて良かった……。

8　スキル

『キュッキュウ！』

『キューキュキュウ！』

キューは連れて来たガンガーリスと、何やら話をしている。何を話してるんだ？

俺が「？？」って不思議そうな顔をしていると、三号が二匹の解説をしてくれた。

『キューちゃんてどうやら、ガンガーリス一族の長《おさ》の娘みたいよ？』

「えっキューが？　長の娘!?　ってかキューって女の子だったのか！」

そっちにビックリだよ！　女の子なのに、よく俺の後をつけて来たよな……。

『それで、キューちゃんは「大切な人を見つけた。その人の所に行く」って置き手紙を残して、集落を一人で出たみたいね？　その後、みんなが心配してキューちゃんを探し回ってたみたい』

おいおいキューよ？　家出みたいなことして俺の後をついて来てたのか……！　キューの親からしたら、俺って悪役だよな？

『あのガンガーリスは、キューちゃんのことが好きみたいね？　フフッ』

「えっ……そうなのか？　そんなことまで分かるなんて三号は凄いな」

『えー？　ティーゴったら何言ってんの？　誰が見ても分かるわよ？　あからさまに態度に出てるもん！　あっ……でも……キューちゃんは気持ちに気付いてなさそうね！　フフッ』

三号が面白そうに微笑む。

……ってことはだ。あのガンガーリスはキューのことが大好きなあまり、追いかけてきてたってことか……。それで食虫花に食われるとか最悪だな！

本当……助けて良かった。

ん？　キューがガンガーリスに手を振っているな。

『「じゃあね！　キューはここの仲間と居るから。お父さんにも話しといてね。バイバイ！」……だって！　ぷぷっ。あのガンガーリスの顔、見て！　ガックリしてるわっ、ぷぷっ』

三号が二匹を見て、楽しそうに通訳してくれる。

ん？　ガックリしたガンガーリスが、俺の所に走って来た。

『キュッキュウ！　キュフ！』

ガンガーリスが地面に頭をつけ、土下座《どげざ》のような姿勢をとる。

「なっ、何だ？」

『キュキュウ！　キューウウ！』

『俺もキューと一緒に住まわせてくださいって！　そう言ってるよ』

三号がニヤニヤしながら通訳してくれる。

「ええ？」

『キュキュウ？』

首を傾げ、潤《うる》んだ瞳で俺を見つめるガンガーリス……。

三号の通訳がなくても、さすがにお願いされているのは分かる。

「分かったよ。いいよ！」

『キュキュウ！　キュキュウ！』

しかしガンガーリスよ？　集落に帰らなくていいのか？　俺はどうなっても知らないからな。

事情が分かった以上、近いうちに、キューの両親の所へ挨拶に行った方が良いのかな……。

それはともかく、こうしてガンガーリスの仲間が増えた。

新たなガンガーリスの名前はキュウタにした。

名前を付けたけど、さすがにテイム扱いにはならなかった。やはりSランク以上の奴でないとテイムしないみたいだ。

★★★

本来この山には、凶暴《きょうぼう》なAランクの魔獣や魔物が居るらしいが……全く出くわさない！

これも銀太達が側に居るからだろうな。SSSランクの聖獣にみんな怯《おび》えているんだ。

まぁ……そのおかげで山菜や薬草が収穫し放題だ。ありがとうな！

――ん？　あれは何だ？

俺はふと、十メートルほど高い位置に生《な》っている実が気になった。

「あのトゲトゲした実は何だ？」

『オイラ知ってるよ！　あれはマロンっていうんだ。中にほんのり甘くて美味しい実が入っているんだ』

ユパが美味しいよと、教えてくれる。

「あのトゲトゲは美味いのか……」

トゲトゲで美味しい木の実とかあるんだな。見た目はちょっと痛そうだけど……。

よし、鑑定してみよう。

【マロン】
ランク　A

茹《ゆ》でるとさらに甘味を増す。

米との相性も良い。

甘味としても人気。

大福やケーキにも使われている。

食べた者のパワーを10％上昇させる。

解毒《げどく》効果あり。


凄いな。大福やケーキに使われていて、米との相性が最高か。

これは後で創造料理スキルで試してみたいな。

「でもこのマロン……どうやって収穫しようかな？」

『そんなの！　あっしに任せてくれっす！』

一号はそう言うと、風魔法を操りマロンの実を落としていく。

「凄い……！」

『たまには、あっしだってやるっすよ？』

一号が得意げに話す。

『ねえティーゴ。このトゲトゲの中の実が美味いんだよ』

ユパがトゲトゲから中身を取り出し、教えてくれる。

「分かった！」

俺はトゲトゲに包まれた実を必死に取り出す。

ふうーっ……これだけ収穫したら充分だな！

『主～お腹空《なかす》いた！』

食いしん坊の銀太がお腹が空《す》いたとアピールしてくる。

これはもう……マロンで料理を作るしかないよな？

俺は早速創造料理スキルを使う。このスキルは食材を見るだけでお勧め料理を教えてくれる優《すぐ》れものなんだ。

ピコン！と音を立てて半透明《はんとうめい》の板が空中に浮かび上がる。

そこに書かれていたのは……。

《【マロン】と【米】を使ったお勧め料理》

『マロンご飯（ほくほくのマロンが美味）』

『マロン大福（大福の中に、マロンの蜜漬け）』

何これ……！

マロンと米を思い浮かべただけで、メニューがいっぱい頭に浮かぶ……！

創造料理スキル……！　これは食いしん坊には最高のスキルだな！

★　★　★

お腹が空《す》いた聖獣達の胃袋を満たすために、俺は異空間に戻り調理をすることに。

もちろん使う食材のメインはマロン。さっき創造料理スキルでお勧めされた、【マロンご飯】と【マロンの蜜漬け】を作ることにした。

まずはマロンご飯を作るか。マロンをお湯に漬けて……柔《やわ》らかくなったところで硬い皮を剥《む》く。

ここで風魔法が大活躍！　どんどんマロンの硬い皮をスルスル剥いていく。

剥いたマロンを水に浸《ひた》して……っと、後は米と一緒に炊《た》くだけ！　ちなみに、隠し味は乾燥昆布《かんそうこんぶ》だ。この隠し味も創造料理スキルが教えてくれた。

炊けるのを待っている間に、もう一品のマロンの蜜漬けを作る。

今度は薄皮を残して剥くんだな。そんなの風魔法でチョチョイのチョイだ！

後は湯掻《ゆが》き、何度も沸騰《ふっとう》させて灰汁《あく》をとる……っと。これが終われば贅沢《ぜいたく》に、ジュエルフラワーの蜜とキラービーの蜜をミックスした蜜で煮ていくと……蜜漬けの完成だ！

何だ？　この美味そうな匂いは！　完成した蜜漬けを口に放り込んで味見すると……。

「うんまっ」

めちゃくちゃ美味い！　甘くてホクホクして……これは何個でも食べられる。それに、違う甘味にもアレンジ出来そうだ！

とりあえず人数分の蜜漬けを作るべく、コピー料理で増やしていく。そのうちに、今度は米の炊ける何とも言えない良い匂いが、辺り一面に充満する……。はぁ……ヨダレが止まらない。

炊き上がったマロンご飯も当然味見してみる。

「んんっ！　マロンがほんのり甘く、米との相性が抜群だ。はぁ……美味しい」

匂いに釣《つ》られて銀太達が走って来た。

『主～！　美味そうな匂いがするのだ。我はもう……我慢が出来ぬ』

「あはは。ちょうどご飯が完成したところだよ。銀太、食べてみて？」

俺は銀太達にマロンご飯と、マロンの蜜漬けを出してやる。

『……美味いのだ！　このマロンがホクホクして最高に……おかわりなのだ』

食いしん坊銀太は、マロンご飯が気に入ったみたいで何度もおかわりをねだった。

『ティアはこの甘味が気に入ったの！　何個も食べれるの！　おいちいの！』

ティアはマロンの蜜漬けばっかり食べてる……ご飯も食べろよ？

『マロン……初めて食ったけど、何て美味さだ！　くっ……もっと早くに出会いたかったぜ？』

スバルは甘味とご飯を交互に食べている。マロン自体が気に入ったみたいだな。

『これは……オイラが知ってるマロンじゃない……！　こんなに美味いマロンは、オイラ知らない』

『おいちい！』

ユパとパティも気に入ってくれたみたいだな。

みんなが美味しそうに食べている姿を見るだけで癒されるな……。

マロン！　新たに美味しい食材が見つかって嬉しいな。

「ほう……初めて食べたが、マロンとはこんなに美味いのか。これは異空間でも育てるのじゃ！」

マロンが美味しいと分かると……パールが二号に指示を出し、異空間にマロンの木を植えていた。食いしん坊達め。相変わらず仕事が早いな。

9　謎の村

さぁ。お昼ご飯も食べたし、再びドラゴン渓谷目指して山の探索だ。

中々険しい山だったが、どうにか頂上まで登ることが出来た。

「うわぁーー！　最高の景色だな」

頂上から見下ろす景色は絶景《ぜっけい》だった。色とりどりの木々が太陽に照《て》らされ、キラキラと輝いているようだ。

「んっ？　山の下……麓が真っ白じゃないか？　なっ……何だあれ？」

俺が居る山と目の前に見える山の、それぞれの麓が全て真っ白になっている。

『何だ？　ティーゴ！』

『主どうしたのだ？　急に大きな声を出して？』

銀太とスバルが不思議そうに俺を見てくる。

「いやっ下っ！　下を見てみろよ？」

『何と？　真っ白だ！』

『あれは雪か？　んん～？　こんな所で雪なんか降るのか？』

スバルが真っ白いもののことを『ゆき』と言った。

ゆき？　ユキ？　初めて聞く言葉だな。

「スバル？　ゆきって何だ？」

『ンン？　雪な？　白くて冷たいふわふわしたヤツのことを、雪っていうんだよ。この国じゃあ雪は降らないから……ティーゴは知らないか？』

「さすがスバルだな。何でもよく知ってるなぁ」

『俺は昔、主と倭《わ》の国《くに》に遊びに行った時に、雪を初めて見たんだ！　倭の国では寒くなると雪が降ってくるんだよ！』

……ってことはだ。この山を下りたら寒いのか？　俺……この服装で大丈夫かな？

今の服装は、薄手のロングジャケットにTシャツ、ボトムスは革のパンツにブーツと、軽装だ。防寒服ではない。

「なぁスバル？　寒いってどれくらいだ？　俺、この服装《カッコ》で大丈夫か？」

『ンン？　いけるんじゃねーか？』

そっか……ならそんなに寒くないんだな。

「じゃあ山を下って行くか！」

★　★　★

そして、山の中腹《ちゅうふく》まで下りると、どんどん冷気が強くなり、寒さで勝手に体がカタカタと小刻《こきざ》みに震える。吐く息が白い。こんなの初めて見た。

「ススス……スバルの嘘《うそ》つき！」

めちゃくちゃ寒いじゃないか！

俺は耐《た》え切れずに、異空間の扉を出し中に逃げ込む！

「はぁ……天国だ！　あったかい……」

『あれぇティーゴ？　どうしたのじゃ？　そんな倒れ込むように異空間の中に入って来て？』

近くに居たパールが、俺を見て不思議そうに首を傾げる。

「あっ、パール！　聞いてくれよ。雪！　外で雪が降ってるんだよ。俺寒くてさ。それなのにスバルの奴が大丈夫って言うから、信用したらめちゃくちゃ寒いんだよ。俺、あんな寒いの知らねーよ」

俺はパールに思いの丈《たけ》を、早口で捲《まく》し立てるように必死に訴えた。

「わっ……分かったのじゃ！　ティーゴよ、ちょっと落ち着くのじゃ？」

俺はさらに山の麓が、雪で覆われていることなどを、パールに説明した。

「ふうむ？　この場所で雪じゃと？　あり得ん……というか、この場所どころか、年中暖《あたた》かいこの国で雪が降るなどあり得ない！」

「そうなのか？　じゃあ何で？」

「分からぬ……異常気象か？　ワシも行って確認してみるか」

「めちゃくちゃ寒いんだぜ？　大丈夫か？」

「ふむ？　温冷緩和《かんわ》の魔法をかけるから問題ないわい。これをかけると外の気温は全く関係なく、常に体の周りの温度が適温になるのじゃ！」

「そっ……そんな便利な魔法、初めて聞いた！　それもパールのオリジナル魔法か？」

「そうじゃ！」

「パール、カッコいい。さすがだよ」

「そっ……そうかの？　まぁ、ワシは凄いんじゃ。さぁ、お主にもかけてやるから、行くぞティーゴ」

パールに引っ張られ、再び異空間の扉を開き外に出る。

……全く寒くない……どころか快適だ！　さすが大賢者様の魔法だ！

外に出ると、銀太達は楽しそうに走り回っていた。聖獣達には寒さは関係ないんだな。

『主～どうしたのだ？　異空間に用事か？』

『本当だぜ？　もしかしてお腹痛くてトイレか？』

スバルの奴め。トイレじゃねーよ。お前のせいで俺は、寒くて死にそうだったんだぞ。

「ふむ……この場所だけここまで寒いなど異常じゃ！」

「そうなのか？」

パールが辺りを見渡し、難しい顔をしている。

猫だから表情は分かりにくいが、そんな風に見える。

「雪がある所まで降りるのじゃ。銀太、行くぞ！」

そう言うとパールは、銀太の背に飛び乗り走って行った。

『わっ！　俺も行くぜ』

スバルも銀太の後を追いかけ飛んで行く。

「ちょっ……？　俺を置いてくなよ！」

俺はどーしたら良いんだよ？

どうしようかと途方に暮れてたら、キラが俺を背中に乗せてくれた。

『オデ、銀太に追いつく……頑張って飛ぶ！』

「ありがとうなキラ！」

キラは出会った時の何倍も自信に満ち溢れている。今のキラはオドオドしたキラじゃない。嬉しいよ、成長が見られて。


キラに乗って麓まで降りると……パールは何かを確認するようにウロウロしていた。

スバルと銀太は、雪に転《ころ》がり楽しそうに遊んでいる。

「パール、何か分かったのか？」

「ティーゴよ。これは雪ではない。偽物《にせもの》じゃ！」

「へっ？　これは雪じゃないのか？」

パールがとんでもないことを言い出した。雪じゃないならこれは何だ？　俺は本物の雪も知らないんだぞ？

「ティーゴ、あの村を見てみよ」

パールが尻尾で器用に指し示す。

「村だって？」

尻尾が示した先を見ると……本当だ。村がある……でも、村の周りだけ雪が全くない。

何でだ？

「雪を避《さ》ける結界が張ってあるみたいじゃの？　しかし奇妙じゃ！　高度な技術があるように見える村が、何でこんな辺鄙《へんぴ》な場所に？」

「確かに……！」

「雪は偽物じゃし……ティーゴよ、この怪しい村に行くか？　どーする？」

えーー気になるけど……変なことに巻き込まれるのも嫌だしなぁ……どーしよ？

★　★　★

悩んだ挙句《あげく》、とりあえず離れたところから観察することにした。

しかし、目を凝《こ》らしてみると……村というよりは要塞《ようさい》みたいだ。

鉄で作られた高く聳《そび》え立つ壁に覆われて、中の様子が全く分からない。……っていうか本当に村なのか？　秘密の軍事基地とかじゃないのか？　それくらい怪しい。

「なぁパール？　あれは本当に村か？」

「ふむ？　人の気配はするからのう……村だとは思うのじゃが、違うのかのう？」

パールも半信半疑《はんしんはんぎ》みたいだな。そんな怪しい村に行く？　いやっ、やめた方が……。俺が一人でウンウン悩んでいると、スバルが『よしっ、俺が空から様子を見て来てやるよ！』と言って空高く舞い上がる。

「本当かスバル？　助かるよ！」

これで中が本当に村なのか分かるな！　どうか普通の村でありますように！

数分もすると、偵察《ていさつ》に行っていたスバルが戻って来た。

『ただいま！』

「スバル、どうだった？　あれは村か？」

『ん〜とだな。あの村、めちゃんこ怪しいぞ？　空から見ようとすると、結界が黒く濁《にご》って中の様子が全く見えないんだ。人族の気配はするけど……』

「空から見えない？……だと？」

それって絶対にヤバいやつ。コッソリ怪しいことしてるから隠してるに決まってる！

「ふむ？　それは気になるのじゃ。行ってみるぞティーゴよ！」

パールは瞳を輝かせワクワクしている。

イヤイヤイヤイヤイヤ？　パールよ。怪しいと分かったのに、何でそんな楽しそうなんだよ！

俺は嫌だぞ？　怪しくて何の村か分かんない所なんて、正直《しょうじき》行きたくない。

「なぁパール。怪しいしさ？　ドラゴン渓谷に行くのも遅れちゃうし、ここは行くのやめとかない？」

「ではキラよ！　お主はドラゴン渓谷に急いでおるのか？」

『ん？　オデ、急いでない……大丈夫！』

「ほら？　キラも大丈夫じゃと！」

あああああっキラー！　そこは『急いでる』って言うところだろ？

はぁ……行くんだな？　わざわざ厄介《やっかい》な所に……。

分かったよ！　決心したよ！　行くよ、行きます。

俺は腹を決めてみんなの顔を見回した。

「じゃあ……行くか？」

「ようし、向かうとするか！……何じゃ？」

パールが村に向かおうとしたその時！　凄い勢いでミノタウロスの群《む》れが要塞の村？の入り口に吸い込まれるように走り込んで行く。

何だこれ……⁉

俺は少ない材料で何とか仮説を立ててみる。

「これは、もしかして魔獣を集めるための要塞か？　でも何のために？」

「それは分からん……しかし、魔獣が村に行ったのは事実」

俺達が入り口の様子を見ようと近づくと……。

何だ？　入り口付近だけ全く寒くない。何でだ？

それに……妙な匂いがする。何だ？　この匂い？

「分かったのじゃ。村の入り口から、魔獣達がおかしくなる匂いが漂《ただよ》っておる！」

パールがそう言ったのを聞いて俺は青ざめる。

「えっ、そんなの嗅《にお》いで、俺達は大丈夫なのか？」

「大丈夫じゃ！　惑わされるのはAランク魔獣までじゃの！　Sランクになると平気じゃ！」

「そっか……じゃあ、俺達の中だと、キューとリンリンは危険だな？」

「うむ！　そうじゃの」

「で？　どーするんだ。魔獣を集めてる村だぞ？　どうやって村に入る気だ？」

「任せておけ！　ワシに良いアイデアがあるのじゃ！」

良いアイデアって……これが？

俺はパールに言われて、メタモルフォーゼのスキルでアライグマに変身した。

パールがちょっと強そうに見えるようにと、魔獣風なアライグマに魔法で変えてくれた。

鋭《するど》い牙がちょっとだけ魔獣っぽいか？　可愛いけど……。

要は、魔獣を集めている村に入るには、魔獣のフリをすればいい、という作戦だ。探索メンバーは俺、パール、銀太、スバル、一号、キラ。

パール自身も見た目はただの猫なので、尻尾を二本に増やして、さらにスイスイ飛べるように背中に翼をつけていた。

銀太はパールが魔法でウルフの姿に変えた。これなら全く目立たない。銀太が普通の可愛い犬に見える。キラも同じように、パールがミスリルリザードに変身させた。

ちなみに、スバルと一号はいつもの姿。どっちも小さいから、まさか聖獣だとは思うまい。

このメンバーだと、キラが一番強そうだな。

簡単にみんなの姿を変えてしまうパールはやはり大賢者様だな、と俺は実感した。

念には念を、ということで、パールがステータスを偽装《ぎそう》する魔法を全員にかける。

「では次に魔獣達がなだれ込む時に、ワシらも一緒に行くのじゃ！」

『『『『おー！』』』』

俺達は魔物の群れが現れるのを、岩陰《いわかげ》に隠れて静かに待つ。

『魔物を集めて何をしたいんすかね？　あっしは意味が分からないっすよ！』

「だよな？　俺もそう思う！」

一号と俺がブツブツと話していると……。

山の方からバイコーンの群れが走って来た。馬の魔獣なので足が速い。

「来たのじゃ！　あのバイコーンの群れに交ざって行くのじゃ！」

『おーっ！　行くぜ！』

さっと立ち上がると、みんなはバイコーンの群れに入っていく。

えっ⁉　みんな速いっ！

「ちょっとまっ……」

ヤベエ……置いてかれた……！

『ティーゴ？……行かね、のか？』

「キッ、キラ⁉」

キラが俺を覗き込む。もしかして俺を待っててくれたのか？　優しいな、キラ。

慌ててキラに飛び乗り、みんなを追いかける！

村の中に入ると、真っ黒の長いマントを羽織《はお》った男達が近寄って来て、魔獣達を選別し始めた。

黒いマントって……コイツ等、ファラサールさんが手紙に書いてた奴等じゃ⁉　この村自体めちゃくちゃ怪しいし、絶対そうだよ。これは気を引き締《し》めていかないとだな。

男達は先に入ったパールに近付いて行く。怪しいって分かると、見てるだけで緊張してきた。

一人の男が何かを調べるように、魔道具をパール達に翳《かざ》していく。

「ふん？　コイツはEランクだな？　廃棄《はいき》部屋に連れて行け！」

廃棄部屋だと？

「ンン？　コイツ等もだ！　まとめて廃棄部屋だ」

「「はっ！」」

パール達はみんな廃棄部屋とやらに連れて行かれた。廃棄部屋って何だ？

その後もBランク部屋やCランク部屋に魔獣達が選別されていく。

どうやらあの魔道具は、魔獣の強さを確認しているようだ。

おっ……次は俺達の番だ！

「ほう……ミスリルリザードか！　これは期待出来るぞ。上手いこといきゃ……ドラゴンになるかもな？」

上手いことといけば？　コイツ等何言ってるんだ？

「ミスリルリザードはAランク部屋に連れて行け！」

「「はっ！」」

黒マントの男達はキラの背に居る俺に気付かず……俺も一緒にAランク部屋に連れて行

かれた。

困ったぞ。パール達と別行動になっちゃった！

★　★　★

『ココは……』

「しっ！　キラ、声が大きい。それに喋れるなんてコイツ等にとっちゃおかしいだろ？　俺だけに聞こえる小さな声で話すんだ」

キラの耳元で小さな声で話す。

『……分かった……』

Aランク部屋と言われている場所には、鉄格子で囲われた檻《おり》が沢山あり、キラと俺もそこに入れられる。まぁ俺のサイズなら、鉄格子の隙間《すきま》から難《なん》なく抜け出せるけどな。

黒マントの男達が部屋から居なくなったのを見計《みはか》らい、俺は檻から抜け出し部屋を見て回ることにした。

『ティーゴ？　大丈夫……？　オデ……心配』

「大丈夫だよ。ちょっと見て来るだけだから。すぐに戻って来るから待っててて？」

俺は檻に入っている魔獣や魔物を見て回る……。

なるほどな。Aランク部屋ってのは、Aランク魔獣や魔物の部屋ってことか！　そのまんまじゃん。

……ってことは廃棄部屋は、文字通り、廃棄される魔獣達ってことか！

パール達……は、うん。心配ないか。この村の奴等がパール達を廃棄出来る訳ないし……アイツ等に関わってしまったことを後悔するだろうな。なんてことを考えながらウロウロと部屋を歩く。

すると、出入り口とは別のところに扉があるのが見えた。

——何だ？　まだ奥に部屋があるのか？

この姿だと……扉に届かないな。よし！　元の姿に戻ろう。

人族の姿に戻り、扉を開ける。

「は？　なっ、何だお前は！」

あわっヤバい！　人が居たのか！

《ライトニングブラスト》

俺は慌てて魔法を唱える。

無数の雷の球が、扉の向こうに居た黒マントの男達に命中し、奴等は次々に気絶《きぜつ》していく。

「よしっ、俺スゲエ」

男達を拘束《こうそく》魔法で縛り、空《あ》いている檻に全員入れた。

「ふう……急に人が居るんだもんな、ビックリしたよ。何とか上手くいって良かった」

俺は改めて、入った部屋を探索する。

——もう死にたいー痛いー苦しいー嫌だー助けて！

——殺してくれー痛いー嫌だー！

……何だ？　脳に直接声が聞こえる。

「なっ」

目の前にはオーガ（？）みたいな魔物やアウルベア（？）みたいな魔獣達が、鎖《くさり》に繋がれた状態で十数匹いた。

「何て酷いことを……」

どれも俺の知っている姿より異形化《いぎょうか》している。

脳に直接聞こえてくる悲痛《ひつう》な声は、コイツ等のものなのか？

凄く苦しんでる……。

あれは？　オーガの子供か？　目から血を流し、体は紫色に変色して血管が浮き出ている。

俺はオーガの子供に近寄る。

——おい人間！　俺達にこんなことして楽しいか！　とっとと殺せ！　何がしたいんだ！

この声はオーガの子供の声か？　やはり直接脳に聞こえてくる。

それにしても『殺せ』だと？　この部屋に居た奴等は、一体このオーガに何をしたんだ？

「ん？」

オーガの子供の額《ひたい》に、禍々《まがまが》しく感じる黒い石が埋め込まれている。もしかしてこの石が原因か？

「痛いよな？　助けてやりたいんだけど、俺はどーしたらいいか分かんないんだ……ゴメンな？」

俺はそう言って、オーガの子供の頭を撫でた。

——なっ？　お前は？　手が気持ちいい。痛いのが……ない。お前、何だ？　人族なのに……気持ちいい。

オーガの子供が目を閉じて、安らかな表情になる。

そうか！　俺の手は慈愛の手！　もしかしてこの石も取れるんじゃ……？

俺が石を撫でると、外《はず》れはしなかったが禍々しいオーラがなくなり、石は綺麗な青色に変化した。

「マジ？」

今度はオーガの子供に変化が起き、みるみる普通の姿に戻っていく。

――わぁ！　元に戻った。痛くない！……ううっ、人間ありがとう。

俺はオーガの子供を繋いでいた鎖を取ってやる。

この鎖には、魔法を使えなくする魔石が埋め込まれていた。

――なぁ？　お前は人族じゃないのか？　何で助けてくれる？

鎖を必死に切っていく俺を、不思議そうに見るオーガの子供。

「何で？　何でって言われても……痛そうだったから？」

――そんな理由で？　あはは。お前はお人好《ひとよ》しだな！

そうかもしれない、と俺は苦笑する。

じゃあ、ここに居る魔獣や魔物を助けるか！　どう考えてもあの黒いマントの奴等が悪い。

俺は魔獣や魔物に苦痛を与えている、黒く禍々しく濁った魔石を次々に浄化《じょうか》していく。

「よし！　これでお前達はもう自由だぞ。鎖も切ったし好きにしな？」

――ありがとうございます、人族の救世主！

――この御恩《ごおん》は一生忘れません！

――ありがとう。

どうやらオーガは家族で捕まっていたみたいだ。両親が元気になり、さっきの子供が嬉しそうにはしゃいでいる。助けてあげられて良かった。

この村の謎が少しだけ分かった気がする！　魔獣や魔物を集めて改造している村なんだ。

何のためかはまだ謎だが。

俺は助けた魔獣達を引き連れ、キラの所に戻って来た。

『ティーゴ……この魔物や魔獣達は？』

キラがキョトンとした顔で、俺の後ろに居る魔物達を見る。

「何か痛い改良をされてたみたいで俺が助けた！」

『ティーゴが？……凄い』

「謎も分かったし、この場所から移動して、パール達と合流しよう！」

『分かった……』

キラは檻の鉄格子を軽々と引きちぎる。

「スゲエ……！　さすがSランク」

ついでにこの部屋の鉄格子全てを引きちぎり、魔獣や魔物を逃してやる。

さぁ。村の謎解《と》き開始だ！

★　★　★

パールと銀太、スバル、一号は、暗い倉庫に放り込まれた。

（むう？　こんな所にワシらを連れて来て、どうする気じゃ？　それにこの倉庫は凄く臭《くさ》い。鼻が曲《ま》がりそうじゃ……長居《ながい》したくないのじゃ！）

『うう……臭いのだ！　主とも離れてしまったし……我は早くこの場所を去り、主の所に行くのだ。主が心配なのだ！』

銀太がティーゴに会いたいと騒いでいる。

ティーゴの所に行くのは別に構わないのだが……。この何もない大きな倉庫も、パールは気になっていた。倉庫に入れられた魔獣や魔物達は、次々に奥の部屋へと連れて行かれている。

（奥の部屋に一体何があるのじゃ？　ううむ、気になる）

好奇心《こうきしん》が抑《おさ》え切れなくなったパールは、スバル達に指示を出す。

「よし！　みんな、一番先頭まで行って奥の部屋へ入るのじゃ！」

パール達は前に並ぶ魔獣や魔物を押し分け、扉の前の一番先頭に。

『何かコイツ等……目がトロンっとして覇気《はき》がないって言うんすかね？　なんか変っすね……』

一号が、周りに居る魔獣達の様子が奇怪《きかい》だとパールに言う。

「此奴《こやつ》等は村に入ってから、あの黒マントの人族達に、反抗出来ぬよう操られておるのう」

『こんなに大量の魔獣達をどうやって操るんだ？』

「匂いじゃよ！　村の入り口から流れておった匂いじゃよ！」

どうやらあの匂いを嗅ぐと、自分では何も考えられなくなるらしい。

「さらには、村の外に積《つ》もっておった雪のような物や不可解《ふかかい》な寒さも、この人族達が作ったみたいじゃの！」

『はぁ？　何のために？　意味が分からねーぞ！　主？　もっと分かりやすく話してくれ！』

スバルが翼をファサファサと揺らし、興奮気味にパールに詰め寄る。

「この山の麓には、Aランク魔獣や魔物が沢山生息しておったはず！　そこにこの急激な寒さじゃ！　寒さに慣れていない魔獣や魔物はどうすると思う？」

『簡単だ。暖かい所に一直線だ！……あっ、そうか』

「そういうことじゃよスバル。じゃが……魔獣や魔物をこんなに大勢集める理由が分からんのじゃ」

そんな時、ガチャ！と目の前の扉が開く。

「……周りの魔獣達みたいにボーっとするのじゃ」

『『分かった』』

人族に連れられ部屋に入ると……。

高さ五メートルはある異様な形をした魔道具が、ガシャンガシャンと異音を立てて動いていた。

その魔道具には口のような大きな穴があり、魔獣達を次々に吸い込んでいく。吸い込まれた魔獣は魔力が枯渇《こかつ》し、別の穴から死骸《しがい》となって戻って来た。

その死骸を人族達は、ゴミを捨てるかのように大きな穴に放り投げる。

「なっ？　これは……魔獣達の魔力を魔道具が吸うておるのか？」

「何もたもたしている！　さあお前達も中に入れ！」

ドンッと人族に押され、パールは中に落ちるように入って行く。

『あっ！　主！』

「大丈夫じゃ！　ちょっと魔道具の中を見てくるのじゃ！」

パールは謎の魔道具の中へと吸い込まれるように入って行った。

『やっぱ！　我慢出来ねー！　俺も行くぜ！』

『あっしも！』

スバルと一号もパールを追いかけ、魔道具の中に飛び込むように入って行く。

銀太は留《とど》まり、様子を見ることにした。

パールは中に入ると、興味津々《しんしん》に魔道具の仕組みを見ていた。

「なるほどのう……複数の魔道具を組み合わせて魔力を吸うておるのか？　ククッ……ワシの魔力をこんな玩具《おもちゃ》が吸える訳なかろーて！　ククッ」

魔道具は必死にパールから魔力を吸い取ろうとするが、全く吸い取れない。いや、吸い取ってはいるのだが、吸っても吸っても終わらないのだ。

とうとう……今にも壊れそうな異音が、魔道具から聞こえ始めた……。

『主～！　来たぜ？』

『あっしも来たっす！』

「おっ！　お前達まで来たら……ヤバい壊れるかも！」

『ふぇ？』

魔道具は、新たに増えたスバルや一号達の魔力まで吸い取ろうと必死に動く！

もちろんSSSランク魔獣達の魔力を吸い切れる訳もなく……。

プシャープシュー！　プス……プスン！

魔道具の異音が激しくなり、ガタガタッと揺れ出した。

「むっ、ヤバイ！　魔道具が壊れるのじゃ！　魔道具の中から出るぞ！」

『おう！』

ガタンガタガタガタガタガタガタガタガタガタガタッ！

ドゴーーーーーン!!

無惨《むざん》にも、魔道具は大きな爆発音と共に壊れた。

「「「なっ……何が起こったんだ⁉」」」

突然大爆発を起こした魔道具を、人族達はただ呆然《ぼうぜん》と見ていた……。

10　燦聖教《さんせいきょう》

俺――ティーゴは魔獣達を引き連れ外に出た。外には黒マント達が数十人いたが、これまで痛ぶられてきた恨《うら》みが募《つの》り、魔獣達が一斉に黒マント達を襲う。

黒マントも魔法で対抗しているが、Aランク魔獣には全く効かず一方的に蹂躙《じゅうりん》されていた。

「俺はどうしたらいいんだ！」

人族が魔獣にやられてる！　本当なら助けるべきなんだが……コイツ等のことを助けるのを、俺の心が拒否《きょひ》している。

でも……人族を殺してしまったら、この村の謎が分からない。

「ちょっと待ってくれ！」

俺は黒マントの連中と魔獣達の間に割って入る。

——その時！

ドゴーーーーンッッとけたたましい爆発音が鳴り響いた。

「……なっ、何だ？」

音の方を見ると、大きな倉庫が爆発し大炎上している。

「「なっ！　何てことだ！」」

「魔力吸収魔道具が壊れるなんて⁉　大変だ！」

「様子を見に行くぞ！」

魔獣達に襲われていた黒マント達は、そんなことよりも爆発した倉庫の方が気になるのか、慌てて倉庫に向かう。

それを逃すまいと魔獣や魔物は後を追いかける。

俺はその魔獣や魔物達の前に走って行き、立ち塞《ふさ》がった。

「お前達、お願いだ！　殺すのは少し待ってくれないか？　黒マント達《コイツら》に聞きたいことがあるんだ。だから人族を生かして捕まえてくれないか？」

魔獣や魔物達は殺気立って俺を睨んだが、やがてコクリと頷いた。

――分かった。お前のことは好きだ。

――約束しよう！　捕まえてやろう。

良かった！　捕まえてくれるみたいだ。

俺が安心していると、何か声が聞こえた。

「……あれは！」

爆煙《ばくえん》が舞い上がっている倉庫の方から、銀太達が飛んで来た！

『主ー！　会いたかったのだ！』

銀太が俺に飛びつく。

「わっ！　ぷっ……！」

今の銀太は小さいので、飛びついてきても受け止められる。不思議な感じだ……。

「俺も会いたかったよ、銀太」

銀太をぎゅっと抱きしめた後、頭をワシワシ撫でる。小さな銀太も可愛いなぁ……。

「ティーゴ！　こんな近くにおったのか」

銀太に続いてパール達も飛んで来た。

「あっ！　パール。この爆発は何だ⁉」

「ふむ？　これは魔道具が壊れ、爆発したのじゃ！」

「魔道具が爆発⁉　もしかしてパールが壊したのか？」

「ワッ…？　ワシじゃない、勝手にあの魔道具が壊れたのじゃ！」

パールはやたら早口で捲し立てるので、逆に怪しい。

「魔道具がそんな簡単に壊れるか？」

「そうじゃっ！」

パールはそう言い張るが、横を向いたまま俺と目を合わせない。明らかにパールが何かをしたのは一目瞭然《いちもくりょうぜん》だが……まぁいいか。先に、俺が見たことをパールに報告しないと。

「何と？　穢《けが》れを纏った黒い石？」

「ああ。俺が居た部屋のAランク魔獣達は、みんなその石を埋め込まれ異形化していた」

「魔獣達が異形化……何のためじゃ？」

『石ってこれのことか？　爆発した魔道具の部屋にいっぱい落ちてたぜ？』

スバルが翼をファサッと振り、持っていた石を落とす。

それは禍々しい黒色をした石だ。

「そうだよこれだ！　さすがスバルだな」

『まぁな？　もっと褒めてもいいんだぜ？』

俺はスバルの頭をヨシヨシと撫でる。

「ふむ……分かったのじゃ。ワシらがおった部屋では、低ランク魔獣達の魔力を魔道具で吸い取りこの石を作り、そしてそれらをAランク魔獣達に埋め込み、何かを作っていたんじゃな……」

「何か？」

その『何か』って、どう考えても酷いことだよな。

「まぁ……考えられるとしたら魔獣兵器とか、かのう？」

「魔獣兵器だって⁉」

魔獣兵器って何だ？　初めて聞いた言葉だ。

「その名の如《ごと》く、魔物や魔獣を兵器として改造し、戦争の道具として使うことじゃ」

「なっ……そんな自分勝手なこと」

酷過ぎるだろ！　魔族がやっていたことと同じじゃないか！

「しかし……魔獣兵器に関する魔道具の作り方は、危険じゃからと、ワシがカスパールであった時代……三百年以上も前に、この世界全ての国で盟約《めいやく》を交わし、国王達が魔獣兵器に関する書物を集めて二度と使えぬように封印《ふういん》、消滅《しょうめつ》させたのじゃ……」

「そんなことがあったなんて知らなかった……」

「それらは全て禁忌《きんき》の魔道具と言われておる。先程壊れた魔力吸収魔道具もその一つじゃ！　それを何故黒マント達が作れるのかは謎じゃ」

そんな危険な魔道具を使って魔獣兵器を作るなんて、コイツ等は一体何が目的なんだ？

絶対に、ちゃんと本当のことを話すまで許さないからな！

——おい！　連れて来たぞ！

——約束守った。

オーガ達魔物が、黒マント達を引き連れて来た。

「ふむ？　何故此奴等の話してることが脳に直接聞こえるんじゃ？」

パールはオーガ達の声が脳に響くので、不思議そうにしている。

「多分なんだけどな？　額に埋め込まれてる石の影響だと思う！」

「ふむ？　なるほど！　面白いのじゃ！」

——それでコイツ等、どーするんだ？

オーガに尋ねられたが、それは当然……。

「じっくり話を聞かせてもらうよ！」

「「「ヒィッ！」」」

黒マント達は真っ青だ。

その時！

——ブモォォォォォォォォォォッ‼

耳を劈く鳴き声が響き渡る！

「なっ？　何だこの声は？」

この声を聞いた、黒マント達の態度が一変する。

「ハハハッ、お前達は終わりだ！　魔獣兵器が現れた。お前達は全員コイツに殺されるのさ！」

「あーっはははははっ、いい気味だな！　もう終わりだ。最強兵器に殺されるがいい！」

黒マント達は意気揚々《いきようよう》と流暢《りゅうちょう》に話し出す。

六メートルはあるミノタウルスらしき魔獣が近づいてくる！

コイツはオーガ達と違って、もう自我《じが》などなくただの兵器と化しているみたいだな。

俺が様子を見ていたら……。

《エクス・プロージョン》

その一言と同時に――

ドゴォォォォオーーーーーンッ!!

目の前で大爆発が起こった。

『ギャーギャーうるさいンスよ？　はぁ……もう殺《や》っちゃっていいんすよね？』

ミノタウルスらしき魔獣は一号の魔法によって粉微塵になり、一瞬で消え去った。

おいおい一号？　『いいんすよね？』って聞く前に爆発しちゃってますけど？

「「ヒィヤァァァァァァァ!!」」

黒マント達は、また真っ青になり騒ぎ出した。

偉そうにしたり、怖がったりと……お前等忙しいな！

★　★　★

村に居た黒マントの奴等全てを拘束し、一箇所に集めた。

さぁ。今から謎解きの時間だ。

「お前等？　この村で何をしてたのか話してもらうよ？」

「ふむ、ワシのお喋り魔法の出番じゃの？」

パールの作ったお喋り魔法にかかれば、秘密も全てペラペラ喋ってしまう。何て便利な魔法！

「我々が其方達の拷問《ごうもん》などで簡単に喋るとでも？」

一番豪華な黒マントを羽織った男が睨んでくる。コイツが一番この中で偉い奴か？

「ふうむ？　そうかの？」

パールが指をパチンっと鳴らし、お喋り魔法を発動させる。

「……で？　お主らは何で魔獣兵器を作っておったのじゃ？」

「なっ、話すとでも？　我ら燦聖教発展のためだっ、あっ！　なっ？」

「我ら燦聖教に、お前達はただ平伏し従う未来がもうすぐ近くに来てるんだよ！……あっわ⁉」

「お前、何をペラペラ喋ってるんだ！」

一番偉い奴が、隣の男に怒鳴《どな》りつける。

「違うっ、違うんです。口が勝手に動いて……！　クソッこんな生き恥《はじ》を！……グフォ」

「えっ⁉」

さっきまで話していた黒マントの男が、口から血を吐き倒れた。

俺達が呆気《あっけ》にとられていると、連中は瞬時に目配せをし合って叫んだ。

「「「「「燦聖教の御心《みこころ》に！」」」」」

捕まえていた黒マント達が次々に血を吐き、倒れていく！

ただ一人、一番豪華なマントの男を残して。

「フハハハハッ、我等は無敵！」

一番豪華な男はそう言うと、俺達の目の前から消えた。しまった！　転移の魔道具を隠し持っていたのか。倒れた男達に気を取られて、みすみす魔道具を使われてしまった。

でも……ちょっと待ってくれ！　コイツ等はコイツ等で、何で突然倒れたんだ⁉

「何じゃ……？」

パールが黒マントに近寄り調べている。

「これは……！　此奴等はいつでもすぐに死ねるように、即死する毒を歯に仕込んでおる。それを今噛《か》み砕いたんじゃ。ワシらに情報を話す前に！」

「そんなっ……そうだ、パール！　リザレクションして生き返らせたら」

「それが……リザレクションは、自殺や自決などの、自《みずか》ら死を選んだ者は生き返らせることが出来ぬ。寿命で死んだ者も同じく」

　生き返らせることが出来ない？

「なっ……何で？」

「それはじゃの、自殺した魂はすぐに消滅し、天に回収されてしまうからじゃ。それ以外の死なら魂が地上に留まっておる限り、一週間経とうが生き返らせることが出来るんじゃが」

「そんな……っ、燦聖教って何なんだよ！」

「ワシも初めて聞いた名前じゃ」

　とりあえず分かったのは、燦聖教という危険な集団が何かしようとしてるってことだけ。

　何か……嫌な予感がする！

　この後、俺達は麓を寒くしていた魔道具を見つけて壊し、魔獣を変にさせる匂いを出していた魔道具を壊し……。最後は村の魔道具全てを壊した。

　助けたAランク魔獣達はこの村を有効に使い、新しい生活の拠点《きょてん》にするらしい。

俺達は魔獣や魔物に別れを告《つ》げ、村を後にした……が。

はぁ……モヤモヤする。全然一件落着してない！

あー……っこんな終わり方。俺は納得出来ないよ！

一番偉そうな男は取り逃しちゃったしな。

「ティーゴ？　どうしたのじゃ、そんな顔して？」

あまりにも俺の様子が変だったんだろう。

雪が溶けた後の山を歩きながら、パールが心配そうに顔を覗き込んできた。

「だってさ……何も解決してないような気がして、モヤモヤする」

「ククッ……そりゃの？　毎回綺麗に解決出来たら良いんじゃが、こんな時もあるわい！　ワシだって何度もあった」

「パールにも？」

「そうじゃ！　これも後に解決出来ると思うことじゃの。じゃから今悩む必要は全くない。先の良い未来を考え行動するんじゃよ！」

「パール……さすが大賢者様だな。そうだよな！　先の良い未来に向けて……だよな！」

「もっと褒めてもいいんじゃよ？」

パールの尻尾が嬉しそうにユラユラと揺れる。

「パール大先生は最高です！」

次の瞬間。グゥゥゥ～ッと腹の音が盛大《せいだい》に鳴る。

ふふっ……嫌な気持ちがなくなったらお腹が減ってきた！　体は正直だな。

「みんな～？　ご飯にしようか？」

『やったのだ！　我はお腹が空《す》いたのだ！』

『俺もペコペコだぜ！』

『あっしもっすよ！』

『オデ、ご飯、楽しみ』

それじゃご飯を食べるために異空間に戻るか。

異空間に戻った俺は、キューに頼まれてトゥマト料理を作ることにした。どうもキューは、トゥマトを育てている間に、味見をして大好きになったらしい。

創造料理スキルによると、お勧め料理はこんな感じだ。

《【トゥマトソース】を使ったお勧め料理》
玉子とトゥマトソースご飯で『トゥマトご飯の玉子巻き』
『トゥマトソースのピザ』

『トゥマトソースのスープ』

どんどんレシピが出て来る！

とりあえずトゥマトソースを作れば、色々なトゥマトアレンジ料理が出来るな。

「キュー？　美味しいトゥマト料理を作ってやるからな？」

『キュキュウ♪』

キューは大きな尻尾をプリプリ揺らして嬉しそうだ！

俺は早速調理場で、トゥマトソース作りを開始する。

まずはトゥマトを細かく刻み、同じく細かく刻んだタマネーギと一緒に炒《いた》め、煮詰めていく。そこに砂糖《さとう》を投入だ！

んっ？　ジュエルフラワーの蜜を入れるのがオススメって出て来た。じゃ、それも加えてトロトロに煮込《にこ》もう。

これでトゥマトソース完成だ！

どれ？　味見、味見っと。

「……うんま！」

このソースだけで米が何杯も食べられそうだ。

次は釜戸《かまど》で米を炊いてっと……。

米が炊き上がるまでに、トゥマトご飯の材料を炒めるか！

ベヒィの新作のバターを使って、細かく切ったタマネーギとロックバードを炒めていく。すると、香《こう》ばしい匂いが広がる……。これだけでも美味そうだよな！　そこに炊き上がった米を入れ一緒に炒める。

仕上げにトゥマトソースを絡めて、炒めトゥマトご飯の完成だ！

レシピによると、玉子でトゥマトご飯を包むとさらにいいらしい。

これはテクニックが必要だと？　むむ。上手く出来るかな？

ベヒィの特製ミルクを加えた玉子をかき混ぜ、バターをひいたフライパンに卵液を流し入れる。

その上にトゥマトご飯を載せて……フライパンを動かして丸く包んでいく……

「おっ？　いい感じ？……ああっ！　玉子がちょっと破《やぶ》れたか」

とりあえず出来たー！　ちょっと破れたけど、美味しそうなトゥマトご飯玉子巻きの完成だ。

これは玉子が破れちゃったし、俺が味見しようかな？

「！……何これ！」

トゥマトご飯のコクのある甘みに、ふわふわ玉子がベストマッチ。一緒に口に入れると美味し過ぎる。こんな美味い料理を今まで知らなかったのが悔《く》やまれる！

『主～何を美味そうに食べてるのだ？』

『キュキュウ！』

銀太とキューが待ち切れずに調理場にやってきた。食いしん坊だな。

「ちょっと待ってな？」

急いでトゥマトご飯を玉子で巻いていく！

「よっし、次は成功だ！」

これをコピー料理で増やして……と。

出来上がった料理をみんなに振る舞うと、予想通り大好評だ！

『美味いのだ！　このご飯と玉子が良い！』

『ヤバいぜ……トゥマトを玉子が優しく包み込み……これはもう！　玉子がトゥマトのお母さんだな』

スバルよ、玉子の親はコカトリスだ。トゥマトの親じゃなくて、どっちかというと子供だ。

『キュキュウ♪　キュキュウ♪』

「んん？　美味しいか？」

『キュキュウ♪』

キューが大きな尻尾をプリプリと振って、嬉しそうに食べている。

【トゥマトご飯の玉子巻き】、定番メニューに決定だ！

閑話《かんわ》――燦聖教

「クソッ！」

黒いローブを羽織った燦聖教の男が、目の前にあるグラスを壁に向かって投げ、バリンっとグラスが砕け散る音が響く。彼は、ティーゴの前から転移して消えた、あの男であった。

「何てことだ。せっかく作った魔獣兵器の工場が壊滅してしまうなんて。あれにどれだけの労力がかかったと思ってるんだ」

男がブツブツと一人文句を言っていると、扉がノックされ、人が入ってくる。

その人物は、床にばら撒かれたガラスの破片《はへん》をちらりと見た。

「おやおや？　荒れてますねダナ司祭」

「ああヘイット司教か……」

グラスを壊した男――ダナ司祭は大きくため息を吐く。

「何かあったのですか？　そんなに荒れるのは珍《めずら》しいじゃないですか」

「これが落ち着いていられますか！　魔獣兵器を作っていた村が、変な奴等に壊滅させられたんですよ？」

「はぁ⁉　なっ、なな⁉　だってあそこには……これから兵器になる予定の魔獣や魔物が大勢いたはず。それに村を守る門番に、ミノタウルスも居たでしょう？」

部屋を訪ねてきた男――ヘイット司教は信じられないといった様子でダナ司祭を見る。

「……そのミノタウルスが、恐ろしい魔法で、一撃で消滅させられたんです」

そうダナ司祭が説明すると、ヘイット司教の顔は真っ青に変わる。

「…………嘘でしょ。そんなことが⁉　そんなことが出来る者が居ると⁉」

「ええ。し・か・も！　普通の少年が連れていた、どう見ても低ランクの魔獣がいきなりSランク魔法を放ったんですよ。信じられますか？　今でも私は、夢でも見たんじゃないかと思っています」

ダナ司祭の言葉に目を見開き、固まるヘイット司教。

「ダナ司祭？　ゆ、ゆっ、夢でも見たのでは？」

「夢であれば……どれほど良かったか。出来ればもう二度と会いたくないですね。あの謎の少年達には」

「…………」

ヘイット司教は言葉に詰まり、とうとう何も話せなくなってしまった。そして大きく深呼吸した後――

「そっ、それじゃ……蠱毒《こどく》はっ」

「ヘイット司教！　声が大きいですよ？」

「ああっすみません。アレの存在は見つかってないんでしょうね⁉」

「もちろんです。アレこそが我ら燦聖教に、新たなる風をもたらしてくれる新兵器ですからね」

「ふふふっ。もうそろそろ完成ですかな？」

「楽しみですね」

　ダナ司祭とヘイット司教は、新しい兵器を生み出す『何か』のことを考え、高笑いするのだった。

11　船旅

　二つ目の大きな山は、キラが空を飛びたいと言うので、俺とパール、それにユパとティアのメンバーで、キラの背に乗り飛び越えていく。

　まぁ……ユパとティアは俺の肩に乗っているんだけど……。

　残りのメンバーは異空間で待機だ。みんな好きなことをして待っている。

　銀太とスバルは『ドラゴン渓谷に着いたら教えて』と何故かワクワクした顔で言ってい

たが……渓谷で何もしないでくれよ？

俺はキラの飛行を楽しみながら声をかける。

「スゴイなキラ！　飛ぶ速度がどんどん速くなってる！」

『そうか、オデ嬉しい……飛ぶことが、こんなに、楽しい……オデ飛べて、良かった』

キラがどんなに速度を上げようが、俺達は風圧など一切感じない。

パールが空間魔法を使って、周りの風圧を無効化してくれてるからだ。

これならキラがどんなに速度を出しても振り落とされない。

『見ろ！　こんなに高くっ、オイラ楽しくなってきた』

カーバンクルのユパが楽しそうに跳ね回る。

「ちょっ⁉　ユパ、楽しいのは分かるが俺の肩で暴《あば》れるな！　落っこちたらどうするんだ？」

『へへッ……オイラこんなに高い所初めてだから……』

ユパが舌をペロッと出しながら首を傾げる。

何だその可愛い仕草は！

「おっ……あれがドラゴン渓谷に繋がる大きな河、【イグアス運河《うんが》】じゃ！」

パールがキラの背中から身を乗り出し、眼下に見える大きな運河を指差す。

「うわぁ……こんなに広い河、俺初めて見たよ」

『本当なの！　ティアは海かと思ったの！　河が広くて向こう岸が見えないの！』

「このイグアス運河は海と繋がっておるのじゃ。だからこんなにも広大なのじゃよ！　海と繋がっておるから潮《しお》の香りがほんのりするじゃろーて？」

パールの言葉を聞いて、意識して匂いを嗅ぐと……。

「本当だ潮の香りがする……イグアス運河は河であり、海でもあるんだな」

「そしてこの河を渡った先に、ドラゴン渓谷。ドラゴン達のオアシスがあるんじゃよ」

パールが運河の先を指す。何処までも運河が広がっており、その先に本当にドラゴン渓谷があるのかはまだ分からない。

「この広い河の先……ずっと向こうに、ドラゴン渓谷があるんだな」

「どうする？　このまま飛んで行っても良いが、折角の大きな河じゃし、船に乗って渡るのも楽しいんじゃよ？」

「船！　それは楽しそうだな！……でも船はどうやって用意するんだ？」

「ククッ、そんな顔せんでも大丈夫じゃ！　ワシが異空間に戻り、チャチャッと船を作って来てやる！」

パールがそう言ってニヤリと笑う。

「パール！　お前最高だよ！」

「ワシは天才じゃからの？」

パールは早速異空間に戻り、船を作りに行った。その間俺達はすることもないので、この大きなイグアス運河で遊ぶことにした。

銀太とスバルも異空間から出て来て、川に入って泳いだりプカプカ浮かんだりと川を満《まん》喫《きっ》している。

このイグアス運河は、奥に行くほど水深が深くなり、流れが速いので、俺達は浅瀬《あさせ》でワチャワチャと遊んでいる。

「んっ？　あれは何だ？」

ふと銀太を見ると、その毛に何か絡まっている。

……エビか？　鑑定してみると……。


【オオテナガエビ】

ランク　A
中々見つからないレア種。

集団で行動するため、一匹見つけると、その周りには沢山のオオテナガエビが見つかることがある。

殻《から》のまま焼いて食べても最高に美味。

解毒効果あり。

一時間だけ水中呼吸が出来るようになる。

そのまま焼くだけで美味だって⁉

それに……水中呼吸？　エビを食べるだけで？　そんな効果があるなんて初めて聞いた。

このエビ……かなり大当たりなんじゃ……！

「銀太ー！　お前にくっ付いてるエビな？　めちゃくちゃ美味いらしいよ。銀太の近くにいっぱいいるみたいだから探してくれ！」

『何？　美味いじゃと？　探すのだ！』

『銀太、勝負だ！　どっちがいっぱい捕まえるか』

『オイラも！　負けない』

『オデも、美味いの……とる！』

スバルの一言でエビ獲り大会が始まった。

みんなが張り切ってエビを捕まえている。俺も捕まえるぞ！

★　★　★

『やった！……オデが一番！』

『クソッ、全然取れなかったぜ！』

『オイラも……』

『ティアもなの』

オオテナガエビ獲り勝負は何と！　キラが４５６匹も獲り、一位。続いて銀太が３０１匹、スバルは35匹、ユパ10匹、俺15匹……つまりキラと銀太の圧倒的勝利！

オオテナガエビはキラキラしたものが好きなのか、キラに自らくっ付いていた。銀太も銀色に輝く毛をしているので、何もしなくても勝手にオオテナガエビが絡まっていた、という訳である。

なんかズルい！

まぁ……沢山のオオテナガエビがゲット出来たんだ。良しとしよう。

「早速食べたいよな？」

みんなをチラリと見ると……。

『もちろんなのっ！』

『食うぜ！』

『オデも！』

『オイラはエビ初めて食べるよ！　楽しみだな！』

「よしっ、じゃあ……このエビを木の枝に刺して調理したいから、これくらいの細い枝を集めて来てくれ！」

『『『はーい！』』』

みんなが枝を集めている間に、俺はオオテナガエビを焼く準備をする。

って言っても、薪を集めて火をつけるだけ。

『枝とってきたのだ！』

『いっぱい見つけたの！』

みんなが枝を見つけて戻って来た。

「ありがとう、これだけあれば充分だ！」

次はオオテナガエビを細い木の枝に殻ごとブッ刺して、塩を軽くまぶし、火の周りにエビ串を刺して焼いていく。

パチパチッとエビの焼ける音がして、同時に香ばしい匂いが食欲をそそる……。

ゴクリッ……ッとついつい生唾《なまつば》を呑《の》み込んでしまうほどに良い匂いだ。

『主？　まだか？　もう良さそうだがの？』

『そうだぜ？　俺も我慢出来ねー！』

みんなこの匂いと音のせいでヨダレが止まらない。銀太なんて口元が大洪水《だいこうずい》になっている。

「よし！　もういいかな。みんな食べる時、熱いから火傷《やけど》しないようにな？」

そう言うと、みんなは火の周りに刺してあるオオテナガエビを勢い良く取っていく。

『はうっ……！　エビが香ばしくて甘いのだ！　美味い！』

『あっあちっ！　はふっ、クソッ、中々俺に食われないつもりか？　オオテナガエビさんよ？　その勝負、負けねーよ？』

スバルよ、何の勝負だよ。相変わらずだな。

『おいちっはっはふ！　おいちいの！　ティアは気に入ったの』

『オイラ初めてエビ食ったけど、こんなに美味いんだな。妹のパティにも食べさせてあげたいなぁ』

みんな、【オオテナガエビの塩焼き】が気に入ったみたいだな！

俺はすぐにコピー料理でオオテナガエビ塩焼きを増やす。どうせおかわりってすぐに言うからな！

どれ？　俺も味見！

パリッと殻が弾《はじ》けると、中からプリッとした身が溢れ出る。

「んっ、んまぁ！　何だこの……香ばしさの中にジューシーな甘味！　クセになる美味さだ」

『『『『おかわり』』』』

俺がゆっくりオオテナガエビを堪能《たんのう》する間もなく――

聖獣達の食欲は今日も終わりがない。

無事にオオテナガエビを堪能し、河辺でゴロゴロしていたら……。

「カッコいい船が出来たのじゃ！」

突然パールが異空間の扉を勢い良く開けて出て来た。

「んん？　なんじゃ、ティーゴ達は昼寝しておったのか？」

俺は慌てて起き上がりパールの所に駆け寄る。

「パール、もう船が作れたの？　めちゃくちゃ早くないか？」

「ふうむ？　こんなのは赤子の手を捻《ひね》るようなもんじゃ！」

「さすが大賢者様！」

「今は違うがの？　元大賢者じゃ！……ん？　なっ……？　お主ら……？　何を食べておったんじゃ⁉　この美味そうな香り！」

香ばしい匂いに早速気が付いたパールが、キョロキョロと匂いの元を探る。

『主〜この河な？　オオテナガエビがいっぱい獲れるんだよ！　このエビ美味いよ。もぐっもぐ』

スバルがそう言って、オオテナガエビの塩焼きを口に放り込む。

「ティッ！　ティーゴ！　ワワッワシもエビ食べたいのじゃ！」

まあ予想通りではあるが、パールが「ワシにもエビを寄越せ」と必死にすがってくる。

元大賢者様の威厳は何処に行った？

「パール、落ち着けって？　エビはまだまだ沢山あるからな。いっぱいエビ料理作るから楽しみにしてくれ！」

「やったのじゃ！」

『『『やったー！』』』

その言葉を聞いた銀太達も大はしゃぎ。エビはみんなの人気食材に躍《おど》り出た。

オオテナガエビ、こんなに美味しいなら異空間で養殖《ようしょく》出来ないかな？

これはパールに要相談だな。

★　★　★

「これでオオテナガエビの生《い》け簀《す》は完成じゃ！」

パールに「オオテナガエビを異空間で養殖出来ないか？」っと相談したら……あっという間に生け簀が異空間に完成した。

イグアス運河から連れて来たオオテナガエビを、パールの作った池に放ったのだ。

パール曰く、これで勝手に繁殖して、いつでもエビが食べられるらしい。

オオテナガエビは美味かったから、いつでも食べられるなんて嬉しいな！

「さてと？　そろそろワシの最高傑作《けっさく》を見んかの？」

そう言うと、パールが魔法で船を出現させた！

パールが作った船は、俺の想像を遥《はる》かに超えていた！

「なっ……これが船？」

「カッコいいじゃろ？」

パール……これはもうカッコいいとかの問題じゃなくてさ？

このレベルの船って、一国の王が持つようなやつじゃ……。

俺が想像していたのは、釣りをする漁船だったんだが……パールが作った船は……もはや海の上を走る兵器。

敵国を侵略《しんりゃく》しに行く時に、王国の騎士達が乗るような船だよな？

「ワシは中にも拘《こだわ》っての？　広い寛ぎスペースも作ったんじゃ！　もちろん船でも寝れるように、部屋も二十くらいあるぞ？」

いやいやパール？

中に拘ってる？　見た目だけでも凄いのに？

っていうか、一番ヤバいのはこの船の大きさだろ！　ニューバウンから出ている倭の国へ行く船よりでかい。あの船でも百人くらいは乗船出来ると言っていたから……これはその倍か。

さらにパールの作った船室を見ると、やはり規格外で、どの船室もキラくらいの大きな魔獣が余裕で入れる広さだった。

パールよ？　こんなに大きな船室、そんなにいるか？

「パールよ？　充分過ぎるよ！　俺はこんなに豪華な船を知らない！」

「ふふっ。そうじゃろう？　ワシくらいになるとの？　船もこのレベルなんじゃよ！」

フンスッ！　っと鼻を鳴らしてドヤ顔で話すパール……。

色々とやらかしていることに気付いているのだろうか……。

まぁいい……二百人は余裕で乗れそうなこの豪華な船で、ドラゴン渓谷に向かって出発だ！

★★★

「中々気持ちいいな！」

俺は船の甲板《かんぱん》に出て、風に吹かれながら進行方向を間違えていないか確認する。本当はそんなことをする必要もないんだが、何もすることがないからな。

パールが作ってくれたこの船【ハイパール号】（パールが名付けた）は、行き先を指定すれば自動で連れて行ってくれる。まさに操縦士《そうじゅうし》要《い》らずの船だ！

さらに乗り心地も最高だった！　スピードが出ているのを感じさせないほどに、船体が全く揺れない。

これは何故かとパールが細かく説明していたけど……俺の頭には入って来なかった。

天才の語る話は一般人には理解不能だ。

「ほう……あとちょっとでドラゴン渓谷に着くのじゃ」

「パール、もう着くのか？」

「そうじゃ！　この先にある滝《たき》を下ればドラゴン渓谷じゃ！」

――えっ？　滝？　下る？　何言ってんだ？

「ほら？　見えて来た！」

パールがそう言ったのに釣られて、俺は船の舳《へ》先《さき》に目を向ける。すると、その先には――川がなかった！

俺達の船は吸い込まれるように滝に呑まれていく！

「うわぁぁぁぁぁぁぁぁぁぁっ!!」

「ティーゴよ、そんなに慌てなくても大丈夫じゃ。滝に落ちても乗り心地は変わらんように作ってある！　落ち着いて周りを見てみい」

「……え？」

パールの言う通り……真《ま》っ逆《さか》さまに落ちているのに何も感じない！　穏《おだ》やかな川を渡っているようだ。

そして数分もすると――

バッシャーーーーーーーン‼

大きな音と共に大量の水飛沫《みずしぶき》が船に入る！
なっ？　滝の一番下に落ちたのか……？
慌てて顔を上げると……目の前に広がる景色は桃源郷《とうげんきょう》のように美しかった……。
――これは何だ？
桃色の花びらが頬につく。
周りを見ると大量の花びらがひらひらと舞っている。
花びらのせいで、河辺が桃色に染まっているように見える。
その周りで、沢山のドラゴン達が気持ち良さそうに寛いでいる。
「俺達……やっと……。ドラゴン渓谷に着いたんだな」

12 【ドラゴン渓谷】

ドラゴン渓谷は真ん中を横断《おうだん》するように河が流れており、二つに分かれた陸地には色とりどりの綺麗な花が咲き乱れ、ウットリするほどに美しい。その中でも一際目立つのは、桃色の花が葉っぱのように沢山付いた樹々だ。それらがドラゴン渓谷を桃色に染めている。

「ほう……ちょうどサクラの季節か」

「サクラ？」

「うむ。あの桃色の花がついた木のことをサクラと言うんじゃよ。確か倭の国にも沢山咲いておって綺麗じゃったのを思い出した」

「……サクラか。綺麗だな」

サクラをじっくりと見ていたら、変わった形の実をつけた木が目に留まる。あの木は何だ？　見たことのない、大きくてツルツルした不思議な形の果実が沢山実っていた。

あの実は食べられるのか？

「ほう……ドラゴンフルーツか！　美味いんじゃよな！」

パールが食べたそうにツルツルした実を見ている。

「えっパール、あの実は食べれるのか？」

「ドラゴンフルーツはの？　ジューシーで一度味わうとヤミツキになる美味さなんじゃ！　このドラゴンフルーツを食べるために、ドラゴン達はドラゴン渓谷《こ》に集まるんじゃからの」

「なるほどな……ドラゴンが夢中になる果物か」

ドラゴンフルーツ……そんなに美味いのなら、食べてみたいな。

船が近付いていくと……手前に居るドラゴン達が船に気付き、警戒しながらこちらの様子を窺《うかが》っている。

俺達は全然怪しくないからな。頼むからそんなに警戒しないでくれよ？

やがて船が岸に着き、俺達はドラゴン渓谷に上陸した。

ドラゴン渓谷の偵察メンバーは俺、スバル、パール、一号、キラだ。みんな行きたいと言ったので、キラとパール以外はジャンケンで残りのメンバーを決めた。

大人数で行くと目立つし、「何事？」ってドラゴン達に思われても困るからな。

もちろんみんなの魔力や強さを、Eランクレベルに抑えてもらった。

SSSランクの集団が突然現れて、ドラゴン達がパニックになっても困る。

後でみんなを絶対に呼ぶからと約束し、やっとのことで上陸メンバーが決まったんだ。

『ココが、ドラゴン渓谷……何て、綺麗なんだ』

船から降りたキラが、渓谷をキョロキョロと嬉しそうに見ている。

良かったな、キラ。

俺達が上陸した陸地のすぐ近くに、ドラゴンフルーツの木があった。近くで見たら、ドラゴンフルーツは俺の頭よりも大きかった！　さすがドラゴンと名が付くだけのことはある！

「すごい大きいな！」

「味見してみるか？」

パールが器用に木に登り、ドラゴンフルーツを落とす。

「うわっ……!?　っと」

俺はどうにかドラゴンフルーツを受け止める！

「パール！　急に落とすなよ！」

「くははは っ！　ナイスキャッチじゃティーゴ！」

……ったく、パールは。

そして、そのドラゴンフルーツをみんなで食べようとしたら……。

んっ？　緑色をしたドラゴンが近付いてきた？

何だ？　緑色のドラゴンが、俺達に何か言って来てるが、人語じゃないので内容がサッパリ分からない。

『俺達のドラゴンフルーツを勝手に取るなって言ってるっすね』

俺が余りにも不思議そうな顔をしていたので、一号が訳してくれた。

ありがとうな！　でも俺達……泥棒《どろぼう》だと思われてる？

★　★　★

ティーゴ達の所にやって来た緑色ドラゴンは、言葉の通じない人族に苛立《いらだ》ちつつ、ふとキラに目を留めた。

――あれ？　お前⁉　弱虫ドラゴンじゃねーか！　おーい、みんな来てくれよ！

その呼びかけに応えて、近くに居た赤色と黄色のドラゴンが飛んで来た。その二匹は、そこに居るのがキラだと分かると大笑いした。

――ブァハハッ！　本当だ！　弱虫ドラゴンじゃねーか。

――お前よくドラゴン渓谷に来れたな？　大きな翼があるのに飛べないんだよな？

彼らは一様にキラより体躯が小さく、しかし態度はやたら大きかった。

『……オデ……』

キラは困った顔で俯《うつむ》いてしまった。

ドラゴン達の言葉が聞こえないティーゴだけは、話についていけていないが、他のメンバーはキラと三匹の関係を察して険しい表情になった。

『あっし……コイツ等嫌いっす』

「えっ？　一号、どうしたんだ急に？」

「奇遇《きぐう》じゃのう。ワシも嫌いじゃ！」

「パールまで⁉　どうしたって言うんだよ？」

『俺もだ！　魔法で炭にしてやろうかな』

スバルまでもが怒っているのが分かり、ティーゴも何となく事態が分かってきた。

キラのために、一号、パール、スバルはプルプルと苛立ちを我慢している。

三匹のドラゴンは今度はティーゴ達に目を向けた。

――ククッ、弱虫ドラゴンにはお似合いの弱っちいお友達だな？

――お前みたいなのにも仲間とか出来るんだなぁ。

――何か喋れよ？　あの変な喋り方でよー？

そう言って、ドンッと、黄色ドラゴンが前脚でキラを叩いた。

「なっ？　何するんだよ！」

堪《たま》らずティーゴはキラとドラゴン達の間に割って入った。

すると、黄色ドラゴンはまた嘲《あざけ》るように笑う。

――ギャハハッ！　お前はまた人族に守ってもらってんのか？　弱虫ドラゴン？

相手の表情から言われた内容を感じ取り、ティーゴも怒りを覚える。

（何言ってるか全く分かんないけど！　コイツ等は嫌な奴だ！　キラのことをバカにしてんのは、何となくだが分かる）

その時――

『オデのことは、何言ってもいい……でも、大切な、オデの友達を……バカにするな！』

キラは勢い良く喋ると、地の底から響くような咆哮を上げた。

――なっ……弱虫ドラゴンのクセに何カッコつけてんだよ？

一瞬怯んだ黄色ドラゴンだったが、気を取り直してまたも挑発する。他の二匹もそれに追随《ついずい》した。

――お前に咆哮とか似合わねーっ、ブァハハッ⁉　なぁんも怖くねーわっ！

――いつもみたいにイジメて欲しいのか？　おい人族よ、退《ど》け！

赤色ドラゴンが、前脚《の》でティーゴを押し退けた。

不意打ちだったので避け切れずに、ティーゴは思い切り飛ばされてサクラにぶつかる。

「……痛《い》ってて」

ぶつかった衝撃《しょうげき》で、サクラの花びらが雨のように降ってくる。

『なっ、ティーゴに何しやがるんだ！　大丈夫か？』

「大丈夫だよスバル。こんなの全然平気だ。綺麗なサクラの雨が見れてラッキーなくらいさ」

ティーゴはそう言って、気にしていないと微笑んだ。

『そっか……良かった』

『オデの、大切な友達、ティーゴに！……許さない！』

キラがもう一度咆哮したと思ったら、赤色ドラゴンを尻尾で殴り飛ばした！

自分よりも大きなキラに力いっぱい殴られ、赤色ドラゴンは遥か向こう岸まで飛ばされていった。

途端に残りの二匹が色めき立つ。

――なっ！　弱虫ドラゴン、何しやがるんだ！

――これはお仕置きだな！　かなりキツめのなぁ？

それをスバルと一号が睨みつけた。

『うるさいな、ドラゴン？　お仕置きされるのはな？　お前達なんだよ！』

『そうっすね？　泣いても死んでも許さないっすね？　一回殺しとくか？』

ドラゴン達は相手がSSSランクだと分かっていないので、舐め切って笑う。

――はっ？　弱っちい小鳥と犬の魔獣がドラゴン様を殺すだって？

――ギャハハ、何言ってんだ？　どうやって殺すんだよ！　殺せるもんなら殺してみろよ？

『そうか？　じゃあ死んでもらうか！　今言ったこと、後悔すんなよ？』

『スバル？　二回目はあっしすよ？』

スバルが魔法を放とうとしたその時。

キラよりも大きな黄金に輝くドラゴンが舞い降りて来た。

『騒がしいから見に来たら……お前達？　ケンカなどしていないよな？　ドラゴン渓谷ではケンカはご法度《はっと》だからな？』

ティーゴは金色ドラゴンの声が聞こえることに驚いた。

(コイツが何を喋っているのかは俺にも分かる。ランクが高いからか？)

黄色ドラゴンと緑色ドラゴンは、金色ドラゴンを見てプルプルと震えて怯《おび》えている。

――はっはい！　俺達は何もしてません！　なのに、このミスリルドラゴンが俺達の仲間をシッポで殴ったんだ！

――悪いのはコイツだ！

『ほう？　ミスリルドラゴン……初めて見る顔だな？　ドラゴン渓谷には初めて来たのか？』

金色に輝くドラゴンがキラをジロリと見る。

『うん、オデ、初めて来た』

『そうか。それでお前は、コイツ等の言うように、殴り飛ばしたのか？』

『……うん……殴った』

『ほう……素直に認めたのは褒めてやろう。だがな、ケンカはご法度なんでな？　罰《ばつ》を受けてもらうぞ？』

金色ドラゴンがキラを睨む。

ティーゴは慌てて金色ドラゴンとキラの間に割って入る。

「ちょっと待ってくれ！　キラは優しいドラゴンなんだ！　俺があのドラゴン達に突き飛ばされたから……キラはそれを怒って！　俺のために殴り飛ばしたんだ！」

「そうじゃ！　もっと周りをよく見ろと、前から言うておるじゃろ？　金《きん》ちゃん」

パールも加勢したが、「金ちゃん」という知らない名前が登場し、ティーゴ達は戸惑う。

それをよそに金色ドラゴンは驚愕《きょうがく》する。

『なっ⁉　俺のことをその名で呼ぶのは二人だけ……まさか！』

「そうじゃ。ワシじゃ！」

『その喋り方！　カカッ……カスパール様！』

金色ドラゴンは、パールの知り合いのようだった。

「金ちゃんよ。久しぶりじゃの？」

『カスパール様！　何で何百年も遊びに来てくれへんかってん？　ワイがどんだけ寂しかったと思うとるん！』

「すまん。じゃってワシ死んでたからの？　お主ら魔獣ほど寿命が長くないんじゃ！」

『えっ？　死んでたん？　ほな何で今は猫なん？　意味が分からん！』

金色ドラゴン改め金ちゃんは、パニックになったのか頭をブンブン振っている。

「まぁまぁ……落ち着け、金ちゃんよ？　語れば長い話なんじゃがの？」

パールは自分が魔王に生まれ変わったこと、猫の姿は変身しているだけだということ。

何故ドラゴン渓谷に来たかなど、色々と金ちゃんに話をした。

そのやり取りを聞きながら、ティーゴは首を傾げた。

（金ちゃんの話し方はベヒーモスのベヒィにソックリだ。最初は威厳のある話し方をしてたのに、パールと話し出してからはベヒィと同じ！　このイカツイ見た目でこの喋り！　違和感が凄い……）

『なるほどなぁ。そんなことがあったんやな！　ほなな？　次は魔王様やから長生きするんよな？』

「そうじゃの！　金ちゃんより長く生きるじゃろうの」

『はぁ……ワイ幸せ！　カスパール様が全く会いに来てくれへんから……ワイ、嫌われてしもたと思っててんで？』

「何を！　金ちゃんを嫌う訳ないじゃろ？」

『うう……すんっ嬉しい！』

大きなドラゴンが猫に甘えている……。端《はた》から見たら変な絵面《えづら》だ。金ちゃんも落ち着いたようなので、ティーゴは何でパールと金ちゃんが知り合いなのか聞いてみた。

「それはな？　この金ちゃんが兄弟からイジメられておっての」

「えっ！　こんなに強そうなのに？」

『そんな褒めんといて！　まぁワイ、今はめっちゃ強いけどな？』

金ちゃんの反応がいちいち面白く、ティーゴはクスリと笑う。本当にベヒィに似た話し方だ。

「まぁそれでじゃ！　ある日兄弟達が雪山に金ちゃんを捨てたんじゃ！　その時の金ちゃんは、まだ飛ぶことが出来んでのう……。ワシが雪山で金ちゃんを見つけた時には、死にかけておった」

「酷い！　何で兄弟でそんなことするんだよ……！」

ティーゴがそう言うと、金ちゃんは少し目線を逸《そ》らした。

『ワイな？　金色でカッコええやろ？　お父ちゃんが金色でな、お母ちゃんは青色やねん。ドラゴンって種族はな？　子供に色は遺伝《いでん》せん。金色はドラゴン種最強を表す色なんや。それで、お兄ちゃんらは緑色と黄色やった。なのにワイだけが金色で生まれてきた。でもワイは成長が遅くてな？　みんなが出来ることも中々出来んで……金色やのに俺等より弱いって、兄ちゃん達にイジメられてん。金色やから、父ちゃん達はワイを特別可愛がってくれた。兄ちゃん達はそれも嫌やったんやろな……』

そんなことで弟を殺そうとするなんて！　とティーゴは金ちゃんの境遇《きょうぐう》に同情する。

『弱っちい死にかけのワイを、カスパール様が助けてくれて、大きゅうなるまで育ててくれたんや！　強くなる修業《しゅぎょう》もしてくれた！　やから今のワイは最強や！　このドラゴン渓谷のキングや！』

「パール……。お前凄いな！　スバル達も育ててるし……本当に優しいな」

「まぁの？　じゃが金ちゃんを育てたのはベヒィじゃ。ワシがベヒィに金ちゃんを見せたら、『ワイの可愛い赤ちゃん』とか言い出しての！」

（ベヒィが育てた⁉）

パールのいきなりの爆弾発言に驚きつつも、ティーゴは頷く。

「だからか！　金ちゃんの話し方がベヒィそっくりなんだ。納得した」

「ワシもベヒィの所にしょっちゅう遊びに行って、色々と修業をしてやったんじゃよ」

パールが「ワシは凄いじゃろう？」と言わんばかりに踏ん反り返る。

『そうや、カスパール様はワイの師匠《ししょう》や！　このドラゴン渓谷のキングになれたのも、カスパール様の修業のおかげ！』

「そうじゃ金ちゃんよ、ベヒーモスに会うか？　実はな？　ワシら今、一緒に旅をしてるんじゃ！」

『……え。オカンに？　会いたい！　ワイな？　ドラゴン渓谷のキングになってから、オカンに会えてない！　オカンに会いたいよぉ』

ベヒィの話になると金ちゃんは、瞳をウルウルとさせ……今にも大粒《おおつぶ》の涙が零《こぼ》れ落ちそうだ。

「分かった！　俺、ベヒィ連れて来る！」

ティーゴは急いで異空間への扉を開けて、ベヒィの所に走る。

（そうだよ！　今思えばベヒィが一番ドラゴン渓谷に行きたそうだったんだ！　何で理由を言わないんだよ！　パールもな？　ちゃんと説明してくれたら、初めっからベヒィを連れて行くのに！　何でアイツ等は……大事な話をちゃんとしないかな？）

これまでのことを思い出しながら、ティーゴはベヒィの小屋にやって来た。コカトリスの世話をしていたベヒィに後ろから呼びかける。

「ベヒィ！」

『なっ？　どしたんティーゴ？　そんな慌てて？』

「どしたもこしたもあるか！　お前、何でちゃんと言わないいんだよ。ドラゴン渓谷で会いたかった奴が居るんだろ？」

『えっ？　何で知って……』

「そういう時はちゃんと話してくれ！　頼むから？　なっ？」

『ゴメン……』

「金ちゃんがお前を待ってるよ？　会いに行こうな！」

『――金ちゃん！』

その名前を口にするだけで、ベヒィは大粒の涙をポロポロと流す……。

「ほら？　行くぞ」

『うん……』

ティーゴはベヒィを連れ、再びドラゴン渓谷へと戻るため、異空間の扉から外へ。扉を開けると、目の前に金ちゃん達が待機して待っていた。

ベヒィは感極《かんきわ》まって相手の名前を呼ぶ。

『金ちゃん』

『オカン！』

ガタイの良い二匹が抱き合う。

ティーゴの目には、どう見ても戦っているようにしか映らないが。

ベヒィが優しい声で言う。

『もう！　大きゅうなって。心配してたんやで？』

『オカンに会いたかった！　ウゥッ』

『ったく大きい赤ちゃんやな！　スンッ』

ティーゴは何とも言えない表情でそれを見ていた。

（ベビーモスに甘える金色ドラゴンの図……見た目はどっちもイカツイからハッキリ言って異様だ。でも良かった……）

二匹が幸せそうで、貰い泣きしそうになりながら微笑む。

金ちゃんとパールとベヒィには積もる話も沢山あるだろうからと、そっとティーゴ達はその場を離れた。

一方、黄色ドラゴンと緑色ドラゴンは完全に放置され、呆然と一部始終《しじゅう》を眺めていたのだった。

ちなみに、ドラゴンの色を強い順に並べると……。

金色↓銀色↓黒色↓赤色↓青色↓黄色↓緑色、という順序になる。キラは力だけなら、この渓谷で二番目に強いのである。

★　★　★

「じゃあ俺達は、ドラゴン渓谷を見て回るか！」

スバル、一号、キラを連れて、俺――ティーゴはドラゴン渓谷をウロウロしながら歩いて行く。

至る所に花が咲き乱れ、良い香りがする。

おっ？　あれは湯気《ゆげ》？　もしかして？

「みんな？　あれ見てくれ！」

『湯気？　っすか？』

『これはもしかして？　ティーゴ、アレか？』

「そうだよ！　天然のアレがあるかも？」

俺達はワクワクしながら湯気の立つ方へ急いで走って行く。

「やっぱりあった。天然の温泉だ！」

ゴツゴツした岩で囲まれた、広い天然温泉があった。温泉の周りにはサクラの木が植わっていて、湯船に花びらが浮かぶ。桃色の温泉だな。

『ほう？　見ねえ顔だな。銀色とは珍しい』

温泉に入っていた黒いドラゴンが、キラの姿を見て話しかけてきた。

このドラゴン、人語が話せる？　金ちゃんみたいにランクが高いか、あるいは以前人族にテイムされていたのか。

『俺はエニシっていうんだ。よろしくな？』

「名前があるってことは、エニシは人族にテイムされたことがある？」

『そうさ、俺をテイムしてくれたユウマとはずっと友達だった。一生一緒に居るって約束したのによ……俺を残してあっけなく逝《い》っちまった』

エニシは前の主人を思い出したのか、少し寂しそうに教えてくれた。

『ハハッ、しんみりしちまったな。この温泉はいいぞー！　浸《つ》かるだけで力が漲《みなぎ》ってくる。傷だって癒してくれる』

凄い……そんな効能があるなんて最高の温泉だな。


【ドラゴン源泉】

浸かるだけで力が一時的に30％上がる。

ハイヒールと同等の回復効果がある。


浸かるだけでこんなに効果があるなんて！　さすがドラゴン渓谷にある温泉だな。

「エニシ。色々と教えてくれてありがとうな？　俺はティーゴだ。よろしくな」

『あっしは一号っす！』

『俺はスバルだ！』

『……オデは、キラ』

『おおっ!?　みんな名前持ちってことは……ティーゴがお前達の主か？』

『おー？　エニシ、中々見る目があるな？　そうだ。ティーゴが主さ！』

スバルが嬉しそうに話す。

『……ぁう……オデだけ、違う……』

キラがちょっと困っている。何かを察したのかエニシは気を使って、

『そうか！　まぁ……銀色ドラゴンをテイムするには、魔物使い《テイマー》側のランクが相当高くないと難しいからな？　仕方ねーよな』

と言ってくれたのに！

しかし、こちら側に空気を読まない奴が一匹いた。

『はぁ？　何言ってやがる！　俺様はSSSランクのグリフォンだぜ？　ティーゴの旦那だって最強の魔物使い《テイマー》に決まってんだろ！』

スバルが元の姿に戻り、魔力まで溢れさせる。

『ひゃわっあっあわ……グッグッグリフォン⁉』

カタカタカタカタカタカタカタッ！

突然SSSグリフォンが目の前に現れて、エニシは体の震えが止まらない。湯船までがエニシの震えによって波打つ。

「ちょっ……スバル！　分かったから。さっきの姿に戻れ！　戻らないとオヤツ抜きだ」

『――えっ？　あわっ、戻るよ！　すぐ戻るからオヤツ抜きは許してくれー！』

一息吐いて、エニシの震えはようやく収まった。

『はふう……ビックリしたぜ！　まさか偽装してたとはな。こっちの黒犬はケルベロス

だっていうし……。偽装して正解だよ！　そんな奴等が急に現れたらドラゴン渓谷は大パニックだ。しかし……ティーゴは凄い魔物使い《テイマー》なんだな？　トリプルSをこんなにも従えるなんて！』

「いやっ……ハハっ」

トリプルSが他にも居て、後から合流しようとしているとか……この雰囲気《ふんいき》じゃ言えない。

困ったな。銀太達は異空間で、今か今かと呼ばれるのを待ってるはずなのに。はぁ……。

『ティーゴの旦那？　俺達も温泉入ろうぜ？』

「そうだな」

とりあえずは、悩むより温泉を楽しむか！

「あー……っ気持ちいい」

『本当っすね！　異空間にある温泉よりいいかも。なんか力が漲ってくるっす』

『……オデ、どっちも……気持ちいい…』

温泉って不思議だ。湯船に浸かるだけでこんなにも癒される。

はー、幸せ……最高だ！

そんな時だった。

せっかく人が気持ち良く温泉を堪能している時に……それをぶち壊す奴が。

アイツ等は三馬鹿トリオ……じゃなかった。キラに意地悪してたドラゴン達。あの三匹が温泉の側にやって来て、こっちに何か言い始めやがった。

頼むから！　お前等これ以上絡んで来ないでくれ！　後で後悔すんのはお前等だからな？

13　三馬鹿トリオ

――おいおい？　弱虫ドラゴンじゃねーか？

――名物の温泉に浸かるとか生意気《なまいき》だな？

――さっさと場所あけろよ？　弱虫。

赤・緑・黄のドラゴンはキラに向かってまた嫌味《いやみ》を飛ばしてくる。

ティーゴが半眼で三匹を見ていると、スバルが鬱陶《うっとう》しそうに威嚇《いかく》した。

『ああん？　またお前等かよ！　俺達は今ゆっくり温泉を堪能してるんだ。邪魔《じゃま》するな！』

――なっ何を……小鳥が偉そうにピヨピヨ吠《ほ》えてんだよ！　さっさと退《ど》きやがれ！

緑色ドラゴンが言い返す。

（はぁ……。これは、面倒臭いことになりそうだぞ）

ティーゴは会話の内容こそ分からなくても、どうも穏便《おんびん》には済まなそうだと察した。

だが、意外な救いの手が差し伸べられる。

『オイ！　お前等……？　何を偉そうに叫んでるんだ？　揉め事は御法度だとキングから言われてるだろ？　それにこのドラゴン温泉は、みんなの温泉だ！』

――エッ、エニシさん……あっ、イヤッ？　これは……そのっ……。

黄色ドラゴンがエニシに言われて動揺《どうよう》している。

『それとも何か？　俺にも温泉から出て行けということか？』

エニシが三馬鹿トリオを睨む。

――ヒィッ！　行こうぜ！　みんな！

三馬鹿トリオはエニシに睨まれ、逃げるように飛び去って行った。

ティーゴはホッとしてお礼を言う。

「エニシ、ありがとうな。アイツ等に絡まれて困ってたんだよ」

『アイツ等はこのドラゴン渓谷に来た時から、悪目立ちしてたけど……ここまでバカとはな。知らないとはいえ……SSSランクグリフォンにケンカを売るとか、見てるこっちの心臓に悪いぜ。アイツ等がまた何が絡んで来たら、いつでも俺を呼んでくれ！』

「ありがとう！　エニシ」

『じゃあ俺はそろそろ昼寝してくるよ！　何かあったら呼んでくれよな？』

エニシは飛び立って行った。

ドラゴン渓谷に居るドラゴン達は、あの三馬鹿トリオ以外は良い奴ばかりだな。

そう思ってティーゴは胸が温かくなったのだった。

★★★

ドラゴン渓谷近くの森を、馬の魔獣兵器に乗り闊歩《かっぽ》する男が一人。それは燦聖教のヘイット司教であった。彼はブツブツと文句を言いながら何処かへと向かっている。

「はぁ、まさかこの私、ヘイット司教自らがこんな所まで様子を見にくることとなるとは。でもまぁ、転移の魔道具は誰でも使える代物でもないですしね。例のブツを確認しましたが、もう少し強い贄《にえ》が欲しいところ……。今のままでも充分なんですが、ダナ司祭が強い魔獣兵器にしたいと言っておられたしな」

そこでヘイット司教は、少し離れた場所に目をやった。

(ん？　あれはドラゴン！　ドラゴンが三匹！　是非《ぜひ》、新しい贄にしたい！　ああでも……低レベルのドラゴンばかりか)

何か揉めているのか、ドラゴン達は苛立っていた。

ヘイット司教は、魔獣の言葉が分かる魔道具を耳に付けると、馬から降りて静かに近づいていった。

──クソッ何なんだ！

──イライラするぜ！

──あの弱虫。置いて行ったのに！　どーやってドラゴン渓谷に来やがったんだ！

──変な仲間を連れてさ。でも……これ以上の揉め事は無理だ！　エニシさんにまで目をつけられたからな。

──はぁーっ、あの弱虫シルバードラゴンが楽しそうにしてんのとか、見ててイライラする！

──ほんとそれな、シルバードラゴンのくせに弱っちいのにさ。

三匹のドラゴン──三馬鹿トリオは木の枝をむしるなどしながら、怒りを爆発させていた。

その会話は、ヘイット司教の興味を引くのに充分だった。

（シルバードラゴンだって？　それは大物じゃないですか。それに弱い？　ふぅむ）

意を決して、ヘイット司教は三馬鹿トリオの前に姿を現した。

「どうもこんにちは」

──なっ、何だ人族⁉

──急に現れて気持ち悪い奴だな。

「そんなこと言わないでくださいよ。ちょっと話を聞かせてもらいましてね。気に入らないドラゴンを懲らしめたくないですか？」

——それは……そうだが。

「ふふふ。シルバードラゴンが気に入らないんですよね？　ならこの森の奥の、大きな穴がある場所に、シルバードラゴンを連れてきてくれませんか。あなた方の願いを叶える、良いお話だと思いますよ」

——それって！　キングが絶対に近付くなって言ってた場所か。

——確か……近付いたドラゴン達がみんな消えるって！

「あら？　すでにご存じでしたか。そうです！　その場所に連れてきてくれたら、楽しいことになりますよ？」

——楽しいことか。

——お前、中々悪《わり》い奴だな、人族よ。

——面白い！　連れて行ってやろうぜ。ククッ。

「では私は楽しみにお待ちしていますね」

そう言ってヘイット司教は微笑んだ。

(シルバードラゴンか！　バカなドラゴンのおかげで、最強の魔獣兵器が完成しそうですね。……ククク。期待してますよ)

★
★
★

エニシと別れて温泉を出た俺達は、サクラの下でのんびりと過ごしていた。

『なぁ？　ドラゴンフルーツ、食ってみねーか？』

スバルがドラゴンフルーツを食べたいと言い出した。確かに、俺も気になってたんだよな！

「食べてみるか？」

『『『おー！』』』

スバルが風魔法で器用にドラゴンフルーツを収穫していく。

しかし、どうやって食べる？　とりあえず半分に割ってそのまま食べてみるか。

俺達はドラゴンフルーツを半分に切り、かぶりついた。

「――んまっ！」

何て甘さだ！　口の中で果肉は蕩《とろ》け、ジューシーで濃厚。

これはクセになる美味さだ！

『うんま！　俺はドラゴンフルーツ気に入った。ティーゴの旦那？　これで何か作ってくれよ！』

何かを作る……こんなに美味しいなら、何作っても合いそうだな。

なら、温泉から出て温まったことだし、簡単に作れる冷たい飲み物にするか。

ドラゴンフルーツを氷魔法で凍《こお》らせ、次に風魔法で粉微塵にする。それをベヒィ特製ミルクと合わせれば……ドラゴンミルクジュースの完成だ！

どれ？ 味見……俺はそれをグラスに注いで、一気に傾けた。

「うんまー！」

ドラゴンフルーツが氷みたいに冷たくってミルクと合う！ 冷たいアイスを飲んでいるみたいだ。

『どれどれ……なっ！ 美味っ！ ジュースが冷たくって濃厚！ 氷を飲んでるのか俺は？』

スバルよ。俺も同じことを思ったけど……これはジュースだ！ 氷を飲んだら大変だよ？

『美味いっすねー！ フルーツミルクより、あっしはこっちの方が冷たくって好きっすね！』

『オデは、ティーゴが作ったの……全部、美味しい』

これだけ美味しいドラゴンフルーツ……是非とも異空間で育てたいなぁ。これは金ちゃんに相談だな！

俺達がドラゴンミルクジュースを堪能していたら……また三馬鹿トリオがやって来た。

しかも妙にニコニコしている。おいおい、今度は何だよ……

★　★　★

三馬鹿トリオは笑みを浮かべて手を上げた。

――よう？　さっきは悪かったな？

――俺達は改心したよ！

――今までバカにしてすまなかった！　もう嫌なことはしないから仲良くしてくれ。俺達は間違ってた！

ティーゴのために一号が通訳する。

『なんか改心したって言ってるすねぇ。心の底から言ってるようには思えないんすけど』

キラは今までとの態度の違いに戸惑っている。

ティーゴも同感で、何か裏があるんじゃないかと疑ってしまう。

三馬鹿トリオは怪しまれているのを感じ取ったのか、慌てて付け加える。

――俺達もな？　エニシさんとかキングに言われて、間違えてたって反省したんだよ！

――悪かったな？

そう言ってキラに頭を下げた。

『……オデ、気にしない、大丈夫……』

――じゃあ俺達とも仲良くしてくれるのか？　友達になってくれるのか？

『……オデ、友達は、ティーゴ達だけ……もういらない』

――はぁ？　俺等が友達になってやるって……あっ、イヤ。そうか……でも俺達とも仲良くしてくれるよな？

キラの答えにイラッとした赤色ドラゴンだが、すぐに殊勝《しゅしょう》な物言いに切り替える。

キラはじっと三馬鹿トリオを見て、ゆっくりと言う。

『みんなに、嫌なこと、しないなら……いい』

――んなことする訳ないだろ？

――そうだぜ？　俺達は反省したんだよ。

黄色ドラゴンと緑色ドラゴンは必死に頷いた。

『なんか必死すねぇ。そんなに急に仲良くしたくなるもんすかね？』

一号の言うことはもっともだ。

(うーん……本当に反省したのか怪しいところだけど、まぁキラに嫌なことしなくなったんならいいか)

ティーゴ達が半信半疑で見守る中、三馬鹿トリオは話を続ける。

――それでな？　今までのお詫《わ》びをしたいって、俺達で考えたんだよ！

――そうそう！　黄金に光るドラゴンフルーツの実が生《な》る秘密の場所を、お前にだけ特別に教えようと思ってな！

『……オデに？』

――そうさ！　ここに実っているドラゴンフルーツの何倍も美味い、黄金に光るドラゴンフルーツ！　お前の友達にプレゼントしたら喜んでくれるんじゃねーか？

『……オデ、ティーゴにプレゼント、したい』

――そうだろ？　とっておきの秘密の場所だからな！　他の奴に教えるなよ！

スバルからキラと三馬鹿トリオのやりとりの内容を聞かされ、ティーゴも思わず興味が湧《わ》く。

「気になるな、食べてみたい！」

一方で、三馬鹿トリオのことを信用出来ないという思いもあり、悩ましい。

難しい顔のティーゴを見て、キラは言った。

『……ティーゴ？　黄金のドラゴンフルーツ、食べたい？』

「そっ、そりゃあ！　本当に実在するなら食べてみたい！」

『……そうか、分かった！　オデ……案内して欲しい』

キラの返事を聞いて、三馬鹿トリオは飛び上がって喜んだ。

――そうか！　そう言うと思ったぜ！

――そうと決まれば善《ぜん》は急げ！　俺達の後について来いよ！

『……分かった！……行く』

急にキラが出発すると言い出し、ティーゴは驚いた。

「キラ？　何処に行くんだ？」

『……黄金のドラゴンフルーツ、ティーゴに、オデ、オデ……』

キラが恥ずかしそうにして、中々先を話してくれない。

「ん？　俺に？」

『ティーゴの旦那にプレゼントしたいから、今から黄金のドラゴンフルーツを採《と》りに行きたいんだと！』

じれったくなったスバルが、キラの思いを代弁した。

「えっ！　そうなのか？」

『……うん、オデ、ティーゴの喜ぶ顔……見たいから』

（嬉しいことを……その気持ちだけで、俺は嬉しい！）

ティーゴが感じ入っていると、緑色ドラゴンが急かしてきた。ただ果物を採りに行くだけなのに、変だな……と思いながらティーゴは返す。

「そんな急いだって、ドラゴンフルーツは逃げないだろ？」

『そうだ！　お前等何を焦《あせ》ってるんだ！』

スバルに痛いところを突かれ、緑色ドラゴンは必死に取り繕《つくろ》う。

――べっ、別に焦ってなんか……早く食べたいんじゃないかな。って思ってな！

信用出来ない気持ちは拭《ぬぐ》えないが……ティーゴはキラの気持ちが嬉しかった。

（パールに相談した方がいいんだろうけど、ちょっと見に行くだけだしな……。相談するまでもないよな？）

スバルや一号も居るんだから、何かあっても大丈夫だろうと結論付け、ティーゴは顔を上げた。

「よし。じゃあ行くか！」

『……うん！……楽しみ』

――じゃあ？　行きますか。黄金のドラゴンフルーツが実る場所に！

――早く来いよ！　こっちだぜ！

ティーゴとスバルと一号は、キラの背に乗り、三馬鹿トリオの後を飛んでついて行っている。

――もうすぐだ！

赤色ドラゴンがそう言ったのを受けて、ティーゴは目を凝らすが……。

（……何だ？　あの禍々《まがまが》しい瘴気《しょうき》を纏った穴は……⁉　ドラゴン渓谷の近くにこんな穴があったのか！　あれはヤバい！　危険だ、後で金ちゃんに報告しないと！）

ティーゴの視線の先にあったのは、ある山に開いた大きい穴。直径二十メートルはあり、しかもかなり深い。底は暗くなっていて見えなかった。

三馬鹿トリオは、こともあろうにその近くへ着陸する。キラもそれに続いて地面に降り立ち、手招《てまね》きされて側へ行く。

赤色ドラゴンが穴を指差す。

——着いた！　この穴の中に、黄金に輝くドラゴンフルーツの木が生えてるんだ！

『この穴の中に、黄金に輝くドラゴンフルーツの木があるとか言ってるぞ？　コイツ等、本当バカだな』

キラの背中の上で、スバルが呆れたように言う。

ティーゴもそう思うが、それ以上に悪い予感がした。穴に近付くほどに嫌な汗が流れる。

(こんな穴に黄金に輝くドラゴンフルーツがあるだと？　そんな訳ないだろ！　この穴に近付いたら絶対にダメだ！)

「キラ、やめよう！　この穴は嫌な感じがする！」

『ティーゴの旦那！　これはヤバい。穴を神眼で見てみろ！』

「エッ⁉」

しかし、ティーゴが神眼を使う前に、いつの間にか後ろに回り込んでいた緑色ドラゴンが、キラを穴の方に突き飛ばした！

当然、キラの背中に乗っていたティーゴ達も一緒になってバランスを崩《くず》す。

「わっ⁉」

『なっ⁉』

穴に直接落ちることはなかった――だが、急に空気の流れが変わり、ティーゴ達は穴に吸い込まれ始める。地面を掴むが、強い力で穴の方へ引きずられる。

――黄金に輝くドラゴンフルーツなんてねーよ！　バーカ！

――この穴に吸い込まれて出て来たドラゴンはいねーんだよ！

――お前なんかな？　穴に食われちまえよ！

三馬鹿トリオが、鬼の首を取ったかのようにギャハハと笑いはしゃいでいる。

言葉は分からなくても、罠《わな》に嵌《は》められたことぐらいは理解出来る。ティーゴは何とか片手で穴の淵《ふち》に指をかけながら叫んだ。

「――お前等！　最低だな！」

『クソッ、体が動かない！』

穴の淵でスバルが体勢を立て直そうとするが、何かに押さえつけられているかのように自由が利《き》かない。穴は相変わらず凄《すさ》まじい勢いでティーゴ達を吸い込もうとする。

（なっ、何が起きてるんだ！　体が動かない……！　穴に吸い込まれてるのに、何も抵抗出来ない！）

淵にかかっていたティーゴの指が、力に耐えられず徐々に外れていく。一号もキラも、もう体の大部分が穴に入り込んでいた。

スバルがティーゴを見つめて必死に叫ぶ。

『ヤバい！　ティーゴの旦那っ、この穴に吸い込まれたら終わりだ！』

『クソッ！　あっしの体も動かないっす！』

『大丈夫……みんな、オデ、助ける！』

キラが近づこうとしたが、その瞬間、ティーゴの指は淵から完全に外れてしまう。

抵抗虚《むな》しくティーゴ達は、穴に吸い込まれて行った。

★　★　★

「ウワァァァァ……ッ！」

――――ドンッ！

俺の体が何かに叩きつけられる。そして、落下の感覚がなくなっていることに気付いた。

穴の底に落ちたのか？　真っ暗で何も見えない……！

『魔法で照らしてやるよ！』

スバルの声がして、光が灯《とも》る。辺りが明るくなってきた！　キラも一号も無事のようだ。

見上げると、天井は土で完全に覆われていた。俺達が入ってきた穴の入り口は閉じてしまったらしい。まあ、脱出方法はこれから考えよう。

「ありがとうスバル！」

『礼を言うのはまだ早いぜ、ティーゴの旦那？　これは蠱毒《こどく》だ！』

「こどく？　何だそれ？」

『説明するより神眼で見た方が早い！　見てみろ！』

「えっ⁉　わ、分かった！」


【蠱毒】

禁呪《きんじゅ》を使い人工的に作られた穴。

魔獣や魔物を最後の一匹になるまで戦わせるためのもの。

最後の一匹となった者は、蠱毒の穢れを全て吸収し狂気の魔獣と化す！

最後の一匹になっても集めた穢れの魔力が足りない場合は、次に蠱毒に入って来る者を待つ。


「なっ！　何だこれ！」

禁呪だと？

蠱毒なんて……初めて聞いたよ！

何て恐ろしいものを……⁉

一体誰が何の目的で作ったんだ？

『ティーゴの旦那？　ヤバいのが分かったか？』

「ヤバいどころじゃないよ！　何だ蠱毒って！」

『本来はこんな使い方しない！　大昔にな？　毒虫を集めて戦わせ、最後の一匹になった奴の毒を使い、強力な毒を作る方法があったんだよ！　今は禁止されてるけどな？』

「穴から出るには最後の一匹になるしかない！　でもそしたら狂化《きょうか》する……。穴から出る方法はないのかよ！」

『この穴から出る方法は……ねーな。はぁ困った！』


『……そうか……この穴は……そういうことか……』

奥から突然声が聞こえてくる。声がした方を見ると、今にも息絶《いきた》えそうな黒いドラゴンが横たわっていた。

『聞いてくれ……俺は仲間のドラゴン数十匹と……一緒にこの穴に吸い込まれたんだ……』

「……そうか」

『俺達は……初めこの穴をどうやって出ようかと……相談してた。なのに急に声が聞こえて……「闘え」「闘え」と……気が付いたら俺は……仲間を皆殺しに……していた……この穴は危険……俺はもう動けない』

黒いドラゴンは息も絶え絶《た だ》えに話してくれた。

「そっそんな？　闘え？……って声するか？」

『んー？　ちょっと聞こえるけど、俺達にはこの「闘え」の呪いは効かないみたいだな！』

『そうっすね？　Sランクには効かないみたいっすねー』

そうか……無理矢理闘わされることはないんだな！　良かった。

でも……どうやって出たらいいんだ？

『よし！　最大級の魔法、ぶちかますか！』

スバルと一号が、それぞれ自分が使える最大の攻撃魔法を壁に向かって放つ。

《テンペスト》

《エクス・プロージョン》

しかし――

『えっ……!?』

『Sランク魔法が……効かない』

スバルと一号が放った魔法は……全て壁に吸収され、効果が消えてしまった……。

魔法はこの蠱毒の中では意味がないみたいだ……。

「みんなどーする？　俺は諦めねーからな！」

『俺もだぜ！』

『あっしも！』

『オデもだ！……絶対に、ティーゴ達、死なせない……！』

キラが俺達を掴み自分の背中に乗せる。

「キラ？　どーするつもりだ？」

『オデに、任せて……ティーゴ、スバル、一号……しっかり、オデに、掴まって……』

キラは高く舞い上がり、穴の入り口付近まで近付くと……

今は閉じ切っている入り口を、思いっ切り殴り始めた！

ドゴォ！

ドゴォ!!

ドゴォオ！！！

ドゴォオオオ！！！

『ウォオオオ!!』

ドゴォオオオ!!

ドゴォオオ!!

キラは何回も入り口を殴る！　そのせいでキラの拳《こぶし》が傷つき、血が飛び散る！

「キラ！　もうやめてくれ！　違う方法を見つけよう？　このままだとキラが……！」

『大丈夫！……オデ、ティーゴ達、絶対、助けたい……オデの、大切な、友達……』

ドゴォォォ！

ドゴォォォ！

『あぐっ……』

キラの拳が潰れた！

「大丈夫か⁉」

《リザレクト》

俺はキラに回復魔法をかけた。

だが壁の近くでは魔法が吸収されて効果がない。

「そんなっ……！」

『ティーゴ……ありがと……』

するとキラは、再び入り口を殴り始める。

ドゴォォ！

ドゴォォ！

蠱毒の中でキラの激しく殴る音が響く。

「キラ、もうやめてくれ！　違う方法を見つけよう？　なっ？」

『そうだぜ？　お前が痛い思いしなくていいよ！』

俺とスバルが必死に説得する。一号は泣いていて言葉が出ない。

しかし、キラを首を横に振る。

『……大丈夫……あと……ちょっと……』

ドゴォッ!!

ドゴォッ!!

ドゴォォォォォォォォッ！！！

ボコッと壁が崩れ、小さな穴が開いた。

『やった……穴が開いた！……これで、大丈夫……逃げよ』

「何言ってんだよ？」

キラが開けてくれた穴は、俺が通れるくらいの小さなもの……五メートル以上あるキラは通れないんだ！

『早く……しないと、穴、また、塞がってる……』

穴は早くも塞がり始めていた。

「嫌だ！　キラも一緒じゃないと俺は行かない！」

『俺もだ！　キラはもう俺達の大切な仲間だ！　お前が一緒じゃないなら行かない！』

『そうっすよ！　あっしは毎朝キラと散歩しながらフルーツを食べるのが日課なんす！

ない。

キラが居なかったらつまらない！』

俺達はキラの体に離れまいと縋《すが》りつく。キラは穴の方を見ていて、その表情は分から
『みんな……ありがと……オデ、嬉しい……。オデは、生まれてからずっと……仲間が居なかった……弱虫で、仲間外れ、オデいつも一人。……ティーゴ達と出会って……オデは……仲間とワイワイする、楽しさを知った……みんなで食べるご飯……美味しかった。……オデは……ティーゴ達から……いっぱい幸せ貰った……』

キラが一度言葉を切る。その声は何かを決意したような熱を帯《お》びていた。

『いっぱい笑った……。ティーゴ達は……オデに、こんなに幸せで楽しい時間をくれた。……今度は……オデが返す番……ティーゴ、銀太、スバル、パール、一号、二号、三号、ティア、ハク、ロウ、ユパ、パティ、ベヒィ、キュー、キュウタ、リンリン、マインン……。みんな大好き……オデの宝物！』

キラ？　急に何を言ってるんだ？　今生《こんじょう》の別れみたいなこと……何で今言うんだ？

「俺もキラが大好きだよ」

『照れるな？　俺もだよ！』

『あっしもっすよ！』

スバルも一号も、そして俺も本当は分かっている。キラの意志がもう決まっていることを

とを。

『ふふ……みんな……大好き…………さよなら』

キラはこちらを振り返ってニコッと笑うと、俺達をまとめて掴み、小さな穴に向かって放り投げた！

「キラ？　何するんだよ！」

無情にも、小さな穴は俺達が外に出ると同時に塞がった。

そこは俺達が蠱毒に落ちる前に居た場所。ただ、穴だけが塞がっており、地面が広がっているだけだ。三馬鹿トリオの姿もない。俺は地面を叩く。

「嫌だーキラ！　嫌だよ！　何でだよ……これからだろ……お前はもっと楽しいことがあるんだよ！　ふうぅっ」

『何カッコつけてんだよ！　全然カッコ良くねーよ！　狂化したらもうキラじゃねーだろ。キラッ！　嫌だ！　フグッ……ウッ……嫌だ』

『何してんすか！　キラが居ないと……あっしは誰と朝の散歩に行くっす……か……すんっ……キラ！』

最悪なことに、キラを蠱毒に残して、俺達は脱出した……。

14　キラ

オデは生まれた時から一人だった。

オデを産んで母ちゃんは死んだ。

兄ちゃんや姉ちゃん達からは、オデのせいで母ちゃんが死んだと疎《うと》まれ罵《ののし》られ……オデに優しくしてくれる家族は居なかった。

父ちゃんは、オデの色が銀色なのが気に入らないみたいだ。父ちゃんは赤色、母ちゃんは黒色、兄ちゃんと姉ちゃんは赤色と黄色。

好きで銀色に生まれたんじゃない……。なのにみんながオデを嫌う。

ある時父ちゃん達は、オデを置いて何処かに飛んで行ってしまった。

オデは飛べない……捨てられたんだ。

でも悲しくなかった……毎日嫌なことを言う奴が居なくなったから。

オデの周りには誰も居ない。話し相手も居ない……そんな日々がずっと何年も続いた。

みんな、オデを見ると逃げ出す……銀色はドラゴン種の中でも上位なんだという。だから怖がられる。オデは何も出来ないのに……。強くないのに。

誰でもいい、オデと友達になって欲しい。

それだけなのに……。

ある日オデは、ドラゴンの集団に出会った。

オデは銀色だから、上位ドラゴンが仲間になったと初めは歓迎された……。

仲間が出来た。嬉しかった！

でも……オデが何も出来ないと分かると、ドラゴン達は兄ちゃん達みたいにバカにしてきて、嫌なことをするようになった。

――お前！　銀色なのに飛べないのか？　何も出来ないんだな！　弱虫！　弱虫ドラゴン！

『ちが、オデ、その……』

――まともに話も出来ないのか？　ちゃんと話せよ！　弱虫ドラゴン。

オデはドラゴン集団の中でもイジメられる弱虫だった。

弱虫ドラゴン……それがオデの名前。

そんな毎日が続いたある日。

「助けてくれてありがとう！　ドラゴンさん！」

迷子のエルフを見つけて助けてあげた。

初めは怖がられたけど、エルフはすぐにオデのことを怖がらなくなった。

「貴方の名前は何?」

『オデ、みんなから、弱虫ドラゴン……って呼ばれてる』

「ひどい! ドラゴンさんは弱虫じゃないよ。分かった、私が名前を付けてあげる」

『オデに……?』

「そうね……貴方の鱗《うろこ》はキラキラして綺麗だから……キラ! どう?」

この日からオデは【キラ】になった。

エルフの子——マインは、たまにオデに会いに来てくれた。

初めてオデに友達が出来た! 嬉しい。


意地悪なドラゴン達がみんな……ドラゴン渓谷に飛び立って行った。そこはドラゴンの楽園なんだと、オデに散々自慢して。

意地悪なドラゴン達には会いたくないが……。ドラゴンの楽園は気になる。

その話をマインにしたら……「一緒に行こう」と言ってくれた。

マインとドラゴン渓谷に向かって歩いていたら……。

突然目の前に、出会ったこともない恐ろしい魔獣が現れた! 今までどんな魔獣や魔物に出会っても、オデは震えることなんかなかったのに！

だというのに、目の前の魔獣は震えがくるほど恐ろしかった。

そんな魔獣を従えた人族の男ティーゴが、オデをドラゴン渓谷に連れて行ってくれるという。

オデはこの時、ティーゴに出会えたことにより、今まで知らなかった沢山の幸せを知ることになる……。


オデが旅に加わってすぐ、ティーゴがこんなことを言った。

「キラの歓迎会しないとな？」

『ティーゴの旦那？　ってことは肉祭りか？』

『やったのだー！　肉祭り♪』

スバルと銀太が喜んでいた。ティーゴは急に何かに気付いた顔をする。

「あっ！　キラってドラゴン種だよな？　ワイバーンって食べていいのか？」

『……大丈夫！……オデ、何でも食べる！』

「そっか？　なら大丈夫だな。じゃあみんな？　肉祭りだぁー！」

『やったー！』

『待ってました！』

ハクとロウ、キューが踊り出して一気に賑やかになる。

そして肉祭りが始まると、みんなが必死に、ティーゴが焼く肉を取り合いし始めた。

オデはどうしたら良いのか分からず……皿を持って唖然《あぜん》として立っていた。

『何してんだよキラ！　主役が肉食わないでどーするんだよ！　ほら食えよ？　美味いぞー？』

スバルがオデの皿に肉を置いて行く。

『ボーっと立ってないでいっぱい食べなさい？　キラは大きいんだから！』

三号がオデの皿に肉を置いて行く。

「キラ？　いっぱいあるからな？　沢山食えよ？」

みんながオデに優しい……こんなに大勢でご飯食べたことない……。

みんな、ワイワイと楽しそう。

『……うっ、美味し……ふうっ……』

『わっ⁉　キラ？　何で泣いてんだよ？　肉が美味過ぎるか？　その気持ち分かるよ！　いっぱい食え！　なっ？』

スバルがまた肉を置いて行く。

オデは……泣いてたんだな。〝幸せ〟でも涙って出るんだな。初めて知った。〝悲しい〟の涙しか、オデは知らなかったから。

ご飯ってみんなで食べるとこんなに美味くって、幸せなんだな。

オデはずっと泣きながら肉を頬張った。

正直味はしなかった……胸がいっぱいで。でも……今まで食べたご飯の中で一番美味かった。


別のある日、オデが飛べないと言うと……。

『飛べないなら！　何故練習せぬ？　我には努力を怠っておるようにしか思えぬ！』

初めて叱《しか》られた。

オデは今まで誰からも叱られたことなどない。怒られたりバカにされたりしたことは沢山ある。

銀太はオデのことをバカにせずに、叱ってくれた。

銀太は空を飛べるようにすると言って、オデを特訓してくれたんだ！

オデは自分のためというより、特訓に付き合ってくれる銀太のために必死に頑張った！

中々飛べるようにはならなかった。でも……銀太は嫌な顔をせずに、ずっと付き合ってくれた。やがてオデが飛べるようになると……みんなが自分のことのように喜んでくれた。

『……オデは、幸せ……』

『また泣いて？　キラは泣き虫だなぁ？』

『オデ……幸せ……で泣く……嬉しい』

だってオデ……今まで幸せでも涙が出るって知らなかったから。

オデはティーゴ達と一緒だと、嬉しくて幸せですぐ泣いてしまうんだ……。

それに、みんながオデのことを泣き虫って言うけど、バカにされてないのが分かる。

『キラ？　今日はレインボーマスカットを食べるっすか？』

『うん……食べる』

『キュキュウ♪　キュウ』

レインボーマスカットの畑に行くと、キューが熟したレインボーマスカットをオデにくれる。

一号と一緒にそれを食べる……。

『はぁ……オデは幸せだ……』

『ふふっ……キラは〝幸せ〟が口癖《くちぐせ》っすね？』

『オデ、今が……一番幸せだから……』

『そうっすか。いいことっすね？』

ドラゴン渓谷がドラゴン達の楽園だから、オデはそこに行ってみたかった……。

でも……オデの楽園はここ。ティーゴ達と居るこの異空間だ。それに気付いてしまった……。

オデはティーゴ達とずっと一緒に居たい。

このお願いをいつかティーゴ達に言わなければ……。


でも、オデが欲張りな願いを持ったからなのか……。

大切なティーゴ達を危険な目に遭《あ》わせてしまった。

オデがドラゴン達に嫌われているせいで！

ドラゴン達の罠にハマり、蠱毒に閉じ込められた……オデはどうなっても良い……大切な仲間が助かってくれたら！

オデは絶対にみんなを助けようと、必死に蠱毒の入り口を殴った！

本当にどうなっても良いと自然に思えた。

それくらいオデは、ティーゴ達を助けたかった。

穴が開いた！　オデは通れないが、ティーゴ達なら大丈夫だろう。良かった……大好きな人達を助けることが出来た！

なのに！　ティーゴ達は行かないって言う！　オデと一緒じゃないと嫌だと……。

最後に、最高のプレゼントを貰った……。

みんながオデのことを仲間だと……嬉しい。

オデはそれだけでもう充分だ！

力を振り絞《しぼ》り、ティーゴ達を穴の外に出した。

オデはこの後どうなるんだろう……。

でもどうなっても良い、いっぱいいっぱい幸せを貰ったから。

15 蠱毒

キラが蠱毒の底に舞い降りると、黒色ドラゴンが話しかけてきた。

『なぁ……アンタだけ残って……良かったのか？』

『ん……いい。オデ、みんなが助かって幸せ』

『でも……お前は助からない……かもしれないんだぞ？　それでも幸せ……か？』

『ん……幸せ』

そう言ってキラはとても幸せそうに微笑んだ。

『お前、何て……バカなんだ……お人好しにも……！　はぁ、コイツには幸せになって欲しい。俺はもうこの穢れによって死ぬ。コイツだけでも……どうにか助けてやりたい……』

蠱毒内から瘴気が溢れ出してきた。

『はっ……なっ、これ……何だ⁉』

そして黒色ドラゴンに巣食っていた穢れや瘴気が、キラに襲いかかる！

『やめてくれ！　何でコイツなんだ！　俺でいいだろ!?　……頼むから！　俺にしろよ……』

『……あぐっ、苦しい…』

黒色ドラゴンの体からどんどん穢れが溢れ出し、キラに向かって流れていく。

さらには蠱毒中の穢れ全てがキラを襲う。

『やめてくれーー！　コイツは穢れちゃダメだ！　闇に落ち……狂龍《きょうりゅう》になったらダメなんだ！』

グオォォォォォォォォォォッ！

キラは苦しそうに咆哮し、必死に穢れから逃げようとするが……穢れはキラの体を覆い尽くし……。銀色に輝いていた体が黒く濁《にご》っていく……。

『ダメだ、理性を保つんだ！　お前は闇に落ちたらダメだ！　狂龍になっちまう！　俺の命、くれてやるから！　頼むっ、コイツを助けてくれェ！』

★　★　★

「嫌だっキラーー！」

蠱毒の外で、俺は必死に地面を叩いていた。

『ティーゴの旦那！　泣いてちゃダメだ。今は一刻も早くキラを助け出す方法を、考えるんだ！　しっかりしてくれ！　主！』

スバルが翼を使い俺の両頬を挟《はさ》む。

『俺達の主だろ？　ビシッとしろよ！』

「……スバル。そうだな！　今は泣いてる場合じゃないな。情けない主でゴメンな？　目が覚めたよ」

『俺はパール《あるじ》を呼んで来る！　きっと何かアイデアを出してくれるはずだ！』

「分かった。ありがとうスバル」

スバルはすぐに飛び立っていった。

パールを待っている間に、何か俺も考えないと！

蠱毒を壊すアイテム……何かないか？　俺はアイテムボックスを必死にガサガサとあさる。

これは？　違うっ！　これ！　はぁ……違う。これ……んっ？

これは前にダンジョンで手に入れたお宝……【ユグドラシルの杖】。レア武器過ぎてずっとアイテムボックスにしまっていた杖……。

この杖を使って蠱毒を壊せないかな？　だってSSRランクの大賢者の杖だし……。

——どーしよ、試してみる？

全く使い方分かんねーけど！

今は時間がない！　やるだけやってみるか！

俺は杖にありったけの魔力を注ぎ、俺が使える最大級の魔法をぶっ放した！

《ホーリーレイ》

ドガアアアアアアアアアアンッ!!

凄まじい爆発音と共に、目の前にあった地面は一瞬で消え去り、再び大きな穴が開いた……。しかも、入口を塞いでいた土を吹き飛ばしただけじゃない。蠱毒の中にまで魔法が及《およ》んだのか、穴が開いても瘴気が溢れてくることはなかった。もちろん、吸い込まれることもない。

もしかして外側からなら、魔法が効いたのか⁉

「なっ……何て威力《いりょく》だ！」

この杖……ヤバ過ぎないか？

俺が杖を持ち固まっていたら……。

「なっ？　これは何じゃ⁉」

パールが転移してきた。

「パール！　来てくれたのか！」

『あのう……蠱毒は？　何処に？　えっ？』

スバルとパールが意味が分からないって顔をしているが、俺だって意味が分からない！

今はそれより先にキラだ！

「パール、スバル！　説明は後だ。キラの所に行くぞ！」

『おう！』

スバルが元の姿に戻り、蠱毒があった場所の大きな穴底に飛んで降りていく……。ホーリーレイの爆発はやはり中まで及んでおり、壁面《へきめん》が大きく抉《えぐ》れていた。

底の方はそんなに滅茶苦茶《めちゃくちゃ》になってないけど……あれっ？　キラが居ない？　キラキラと輝いているからすぐに分かるはずなのに。

どういうことだ？

蠱毒の底には、さっきは居なかった赤色ドラゴンと、黒色ドラゴンが居るだけだ……。

「キラー？」

『お前達が……蠱毒を壊したのか？』

「あっ、ああ……」

スバルと俺、一号とパールが底に降り立つと、赤色ドラゴンが話しかけて来た。

『お前達の仲間はアイツだよ！』

赤色ドラゴンが指す所……。

そこに居たのは真っ黒に染まったドラゴン。

「こ、これが……キラ？　な、何で？　どうしてだ⁉」

『ソイツはな？　この蠱毒全ての穢れを吸収しちまった……。あと少し早ければ……！

残念だが、もう……狂化し始めてる……。完全に狂化する前に楽にしてやった方が……』

楽に、だと？　俺にキラを殺せって？

そんなこと出来る訳ない！

大丈夫！　俺の手は、前に穢れ玉だって浄化したんだ！

俺なら出来る！

「俺に任せろ！」

『ティーゴの旦那？　穢れに呑み込まれるぞ？』

スバルが止めてくるが、俺は首を横に振った。

「俺は大丈夫だ！」

キラに飛び乗り、思いっきりギュッと抱きしめた。禍々しい瘴気が俺の体を一気に包み込んだ。

正直、俺だって怖い。破壊衝動《しょうどう》が流れ込んできて、意識を手放しそうになるけど……それと一緒に、キラの心臓の音が聞こえるんだ。キラはまだ、生きたがってるんだ‼

慈愛の女神へスティア様！　お願いです！　俺に浄化のパワーがあるなら、力を貸して！

俺は必死に願う。

すると……黒ずんでいたキラの体が元の綺麗な銀色……じゃないな、宝石のダイヤモンドのように輝き出した……。

あれ？　おかしいな……。輝き過ぎてない？　女神様？

俺はもちろん、スバルや一号も目をパチクリさせている。

やがて、宝石のように輝くキラが意識を取り戻した。

『……オデ……？　あれ、何で、みんないる？　幸せな夢見てる？』

『夢じゃねーよ！　助かったんだよ！　キラっ、ううっ』

『そうっすよ！　もう一人で無茶したらダメっすよ！　…すんっ』

スバルと一号がキラに抱きつく。

「キラァァァ、良かったよー、ふうっ」

俺ももう一度キラに抱き着いた！

『みんな……オデ……幸せ』

俺達が涙を流して喜んでいると、後ろから咳払いが聞こえた。

「ゴホンッ……ワシ……キラのピンチって聞いて、急いで飛んで来たんじゃけど……何も

しとらんのじゃが?」

★　★　★

『良かったなぁ！　狂龍にならなくて済んだな！』

赤色ドラゴンが瞳を潤ませ近づいて来た。さっきは気付かなかったけど、この声――

「お前は、もしかして黒い色したドラゴンか?」

『そうだ！　瘴気や穢れによって真っ黒になっちまってたがな?　これが本来の色さ！

俺はソイツに助けられたも同然！』

「――キラにか?」

俺達がこのドラゴンを見た時は、今にも死にそうだった。

だが今は怪我はあるものの……元気そうだ。

それがキラのおかげってことか?

『俺の穢れや瘴気が全て……そのキラに流れていってな?　そのせいで穢れを纏い、ソイツは狂化寸前だったんだ。すまなかった！　狂化の原因は俺にもあったんだ！　だから……キラが助かって……元の姿に戻れて本当に良かった』

赤いドラゴンが再びキラに頭を下げた。

「そうだったのか……」

「ンンッ！　ティーゴよ？　そろそろワシに、この状況を詳《くわ》しく教えてくれんかの？」

パールがモヤモヤした顔で訴える。

状況ったって、正直俺もよく分からない！

俺はこの状況を上手くパールに説明出来る自信が全くないが、とりあえず思うままに話した。

「なっ！　ユグドラシルの杖じゃと！　ワシが前世で探し求め、見つからなかった伝説の杖じゃ！　そそっ、ソレをティーゴが今持っておると？」

あれ？　パールさん？　杖に対しての食い付きが半端ない。

「ティーゴよ！　ワシにユグドラシルの杖を見せるのじゃ！」

蠱毒の話はもういいのか？　俺……まだ杖のことしか喋ってねーぞ？

「パール？　話の続きは……」

「はよう！」

パールがグイグイ迫ってくる。

「杖を見せるのじゃ！」

「分かった！　分かったって！　パール、落ち着いて？　ちゃんと見せるから」

俺はアイテムボックスから、ユグドラシルの杖を取り出しパールに渡す。

「……っこ……っこれが⁉　夢にまで見た伝説の杖……はぁ」

パールがプルプルと小刻みに震えながら、ウットリとユグドラシルの杖を眺めている。

「パール？　その杖がそんなに欲しかったんなら、お前にあげるよ。俺が使うよりパールが使った方がユグドラシルの杖も喜ぶだろ？」

「なっ⁉　なんじゃって⁉　つつっ……杖をワシにくれるじゃと⁉　本当かティーゴ！」

「ああ、いいよ」

「やったのじゃー！　はぁ……ワシ幸せ！　ティーゴ大好きなのじゃ」

パールはユグドラシルの杖を掲《かか》げ、小躍《こおど》りして喜んでいる。猫の姿だから見ててちょっと可愛い。

「ワシ、ちょっとこの杖を試しに行ってくる！　やっと！　やっと恋焦《こ》がれておった杖が、ワシの手元に来たのじゃ！　使わずにはおれんのじゃ！」

「えっ？　何て？」

パールは興奮気味に早口で何かを喋った後、シュンッと何処かに転移してしまった。

「ちょっ……⁉　パール？」

お前、蠱毒の話は本当にもういいんだな……。

『行っちまいましたね……』

「だな」

呆然とした一号の言葉に頷く。ったく、自由奔放《ほんぽう》な大賢者様だ。

「とりあえず地上に出るか？」

『そうだな！』

『みんな！　オデに……乗って！』

スバルが頷き、キラが姿勢を低くした。

俺達はキラの背に乗り、穴の底から地上に飛び出た。

赤色ドラゴン——三馬鹿と色が被《かぶ》っててややこしいな、赤色ドラゴン（良）と勝手に呼ぼう。その赤色ドラゴン（良）は金ちゃんに報告すると言って、ドラゴン渓谷に急いで飛んで行った。

「俺達はどーする？　異空間に戻って飯にするか？」

『いいっすねー！　あっしは豪華肉バーグサンドがいいなぁ……』

「肉バーグか。最近作ってなかったからいいかもな！　豪華特別バージョンで、ベヒィ特製チーズも載せようか」

『何だ！　その気になる豪華特別バージョンって！　早く異空間に戻ろうぜ？　はぁ……食べたい』

スバルがファサファサと翼を激しく動かす。

★　★　★

時は遡り、キラがティーゴ達を蠱毒から逃がした頃――

蠱毒の近くでヘイット司教は三馬鹿トリオと落ち合い、ニヤニヤとほくそ笑んでいた。

彼らはティーゴ達が蠱毒を出たことには気付いていなかった。

――おい人族。あの穴すげえな。

――もう出て来れないのか？

「ええ、そうですよ。あの中で戦い合って最後の一匹になるまで、出て来れませんよ。仲間同士で戦ってね」

――そうか！　あの生意気な仲間達と戦うのか！

――ククク、大切な友達って言ってたのにな。

――あははっ、ざっまあねーな！

ヘイット司教と三馬鹿は蠱毒の方を見て、先のことを考えて笑う。

（ククク。これでダナ司祭様も喜んでくれるでしょう。わざわざこの地まで来た甲斐《かい》がありましたね）

そんな時だった。

光の柱が出現し、轟音と共に蠱毒のある場所を吹き飛ばした。

「なぁぁぁぁぁぁぁぁぁぁぁぁぁぁ!?」

こっ蠱毒の気配が消えた!?

ヘイット司教と三馬鹿が目を見開き驚いていると、少しして、蠱毒の中からキラ達が顔を出す。

三馬鹿トリオは急いで浮上し、キラ達の行く手を塞ぐ。

――お前等？　何で⁉

――どうやってあの穴から出て来たんだ？

――おかしいだろ？

間抜け面《まぬけづら》でそう尋ねる三馬鹿トリオ。

『はぁ……折角今から美味いもんを食べようとワクワクしてたのに……台無《だいな》しだな！……お前等のお仕置きは後にしようと思ってたんだけどな？』

『そうっすね。いいいいいいタイミングで邪魔しに来るっすね？』

スバルと一号が怒りを我慢出来ないのか、体から殺気を溢れ出させる。

この状態のスバル達に勝てる者は居ないだろう。

その様子を見て、今度ばかりはティーゴも庇《かば》うつもりは全くないのか、止めようとしない。

「お前等、どうなっても知らねーからな？」

そうティーゴに言われた三馬鹿トリオは、何を偉そうにと捲《まく》し立てる。

――はっ？　小さな小鳥と子犬がドラゴン様に勝てるとでも？

──ぶあっははっ！　さすが弱虫ドラゴンの仲間だな？　頭がおかしいぜ！

──穴に入ってた方が良かったって思わせてやるぜ。ククッ！

スバルと一号の本来の姿を知らない三馬鹿トリオは、これでもかと煽《あお》ってくる。

『──なぁ、俺が全部やっちゃっていい？』

『何言ってんすか。一人占《じ》めはダメっすよ？』

食事まで邪魔され怒りが沸点《ふってん》に到達したスバルと一号が、どっちがお仕置きするかで揉めている……。

その時だった。

《ドラゴンブレス》

ドゴォォォォォォォォォォン!!


「ひゃ⁉」

『『キラ⁉』』

キラがドラゴン達に向かってドラゴンブレスを吐いた。

ブレスが直撃した黄色ドラゴンは一瞬で炭になる……！

そのまま勢い良くキラは飛んで行くと、緑色ドラゴンを殴る！

ズドォォォォォォォォォォォンッ!!

今度は緑色ドラゴンが地中深く埋まる。

ただ一匹残された赤色ドラゴンは、ガタガタガタと身体《からだ》中の震えが止まらない。

——ひゃあ！　ちょっちょっと待って⁉　よわっ……ちがっ、銀色ドラゴン様！　ゆっ許し……

『お前等、オデの、大切な仲間、殺そうとした……許さない……』

——もう……絶対にしない！　だからっ許してくれ！　俺達も仲間だろ？

『……違う……お前達……敵』

《ドラゴンブレス》

ドゴォォォォォォォォォォォォォン！

こうして、赤色ドラゴンも炭になった……。

ティーゴとスバルと一号は、キラの背中に乗ったまま、ただ呆然と見ているだけだった。

ドラゴンブレスの威力を思い出し、ティーゴは身震いする。

(怖《こえ》え！　何て恐ろしい攻撃だ！　でも、キラはこんなに強いのに今まで何もしなかったのか？　弱虫ドラゴンと呼ばれてたのに……)

争《あらそ》いを好まないがゆえの我慢だったのだろう。

キラの方はというと、大興奮のスバルと一号に絡まれていた。

『キラよ！　お前、強《つえ》えんじゃねーか！』

『そうっすよ！　キラのドラゴンブレスの威力、半端ないっすね！』

『だよな？　Sランク魔法レベルはあるぜ？』

『……アイツ等、みんなを……殺そうとした……許せない……気が付いたら……』

「ありがとなキラ？　俺達のために怒ってくれたんだよな？」

『……ん、そう』

　一号とスバルが嬉しそうにキラの背中を叩く。よほど嬉しかったようだ。

『でもなぁ？　俺達にも残してくんねーとな？』

『そうっすよー』

『あっ、ゴメ……オデ、必死、つい……』

『ははっ、ジョーダンだよ！　キラがアイツ等に罰を下すのが一番いい！　俺はお前は優しいから何もしないんじゃないか？　って思ってな？』

『そうっすよー！　あっし達のために怒ってくれて嬉しいっす』

　ティーゴも誇《ほこ》らしい気持ちになりつつ、少し気になることがあった。

（これって……前よりも輝きが増した影響とか……ないよな？）

　そんな時だった。

　スバルと一号の目に、ガタガタ震えて腰を抜かしたヘイットの姿が映る。

『ティーゴ！　コイツ、変な村に居た奴と同じ服を着てるぞ！』

スバルがキラの上からヘイットを指差す。

「ヒイイイイイイイイイイ！」

キラに視線を向けられたヘイットは、敢《あ》えなく気絶してしまった。

★　★　★

俺達はひとまず地面に降り、黒マントの男を拘束した。気を失っているので、事情を聞き出すのはまだ先になるが……。

すると、上空から声がかかった。

『おーい！　ここに居たのか！』

『あれ？　何やアンタらもおったんか！』

赤色ドラゴン（良）が金ちゃんを連れて飛んで来た！

『はっ？　ちょっ……何？　このドラゴンの燃えカスは⁉』

金ちゃんが三馬鹿トリオだった残骸《ざんがい》を見て、何があったんだと聞いて来る。こんな見た目でもドラゴンだと分かるものなのか。

赤色ドラゴン（良）も不思議そうにキョロキョロと見渡している。

『この炭は……そのグリフォンやケルベロスの魔法でやったんか？』

『んん？　俺等じゃねーよ。キラのドラゴンブレスだよ！』

『はぁ？　なんやて？』

金ちゃんが面食《めんく》らった顔をして俺達を見る。

「金ちゃんどーしたんだ？　そんな顔して？」

『あのな？　ドラゴンブレスはな？　強靭《きょうじん》な鱗を持つドラゴンを、こんな風に炭にしてしまう力などないで？　金色のワイでさえ無理やで？　それを銀色がやるとかあり得へん』

なっ、何だって⁉　じゃあキラは一体……。

『それに……コイツはこんな色やった？　こんなキラッキラ輝いて、これってどー見ても銀色ちゃうやろ？』

金ちゃんがキラの色が変化してるって言い出した。やっぱり？

『ティーゴの旦那！　キラを神眼で見てみろよ？　アイツ進化してるぜ？』

「……やっぱり？」

何となくそーじゃないかなとは思っていたけど。

これって……慈愛の手で瘴気を浄化したせいとかじゃないよな？

【ジュエルドラゴン】
名前　（キラ）

種族　ドラゴン種
ランク　SS
年齢　256
性別　ナシ
レベル　56
攻撃力　58960
魔力　12960
体力　78560
幸運　180
スキル　ドラゴンブレス　王者の咆哮
（ティーゴにテイムしてもらいたい。みんなとずっと一緒に居たい）

「ミッ、ミスリルドラゴンから……ジュエルドラゴンに進化してる！」

『何やて!?　ジュエルドラゴンやて？　嘘やろ？　伝説やで？　金色と銀色が稀《まれ》にジュエルドラゴンに進化出来ると言われとるが……伝説のドラゴンの誕生や』

これってやっぱ俺の慈愛の手が影響……とか……うん！　考えないようにしよう！

『なぁ？　何やってジュエルドラゴンになったん？　ドラゴン渓谷に来た時は銀色やった

やん！　それが今はダイヤモンド色や。この短期間で何したん？　めっちゃ気になる！』

『あ、あの、オデ……その？』

興味津々の金ちゃんがグイグイとキラに詰め寄る。

キラはどうして良いか分からず困ってる。

そんな中、空気の読めないパールが、シュンッと転移魔法で戻って来た。

「はぁ……この杖最高じゃ！」

「パール！」

パールはツヤッツヤの顔をしている。おい……その杖で一体何して来たんだよ？

「ふうむ？　何じゃ、この燃えカスドラゴン達は？」

あっ、そうだった！　三馬鹿のこと、すっかり忘れてた！

俺はパールに三馬鹿トリオのことや、キラがドラゴンブレスで炭にしたこと、さらには
さっき話し途中だった蠱毒のことをパールに説明した。はぁ……一気に話したから疲れた。

「ふうむ……とりあえず三馬鹿トリオにも罰を与えんとな？」

お仕置き？　コイツ等もう死んでるんだぞ？

『さすが主！　そーこなくっちゃ。コイツ等、俺のこと小鳥扱いしやがって！』

『そうっすよ！　あっしは子犬っすよ？』

「まぁ、ワシに任せるのじゃ！」

パールはリザレクションを使い、三馬鹿トリオを生き返らせた。うん？　二匹しか居ないけど……あっ、そうだ忘れてた！　地中深くに居るヤツが一匹いたんだ！

「パール、あの穴に埋まってる奴が生き埋めになったかも……」

「なんじゃと？　どれ？」

パールが地中から緑色ドラゴンを出すと……。

緑色ドラゴンは息絶えていた。リザレクションで一度生き返ったけど、生き埋め状態になったから再び息絶えたんだな。

パールは容赦《ようしゃ》なく再びリザレクションを唱える。

それから――

ブル……。

生き返った三馬鹿トリオの震えは止まらない。

何故なら……元の姿に戻ったスバル、それに金ちゃんとキラに囲まれて……生きた心地がしないのだろう。

折角パールが生き返らせたのに、スバルが元の姿に戻って脅《おど》し……三馬鹿トリオはすでに一度失神している。

そして今……金ちゃんによる長いお説教タイムが続いている。

『お前等に言うてたよな？　あの穴には近づくなーってな？　ほれなのになぁ？　ホンマ、胸糞《むなくそ》悪い奴等やの？　どー落とし前つけるんや？』

ヒィッ！

三馬鹿トリオはビビり過ぎて……口や鼻、さらには下からも、あらゆる水が垂れ流しだ。

あのまま死んでいたほうがマシだったんじゃっ？　ってくらい、少し可哀想に思えてきた。

俺が傍観《ぼうかん》していると、パールが金ちゃんの足をポンポンと叩いた。

「まぁまぁ金ちゃん？　ココはワシに任せてくれんか？」

『カスパール様に？』

「ああ！　此奴等は弱い者イジメばかりしておったみたいじゃからの？　こーしてやるのじゃ！」

三馬鹿トリオの姿が小さなトカゲに変身した。

「くくっ……これで弱者の気持ちが分かるじゃろーて！　魔獣はおろか、今までバカにしておった犬や小鳥にさえ、簡単に殺されるであろうの？」

パールはそのまま三馬鹿トリオを魔法で何処かに飛ばした。

「パール？　何処に飛ばしたんだ？」

「魔獣がウヨウヨしておるガイアの森じゃ！」

ガイアの森って、エルフの里の周囲にある、Sランク魔獣がウヨウヨしてるあの森か……。

三馬鹿トリオよ。冥福《めいふく》を祈る。

「ところでコイツはどーする？」

俺は気絶し拘束されている、黒マントの男を指差した。

「そうじゃのう？　とりあえず、おしゃべり魔法で情報を聞き出した後は、コイツも同じように、ひよこにでも変えてガイアの森に飛ばすとするか。まあ、目を覚ました後の話じゃ」

パールはそう言いつつ、蠱毒のあった大穴へ目を向ける。

「とりあえず蠱毒を調査せんとの！」

『カスパール様！　協力してくれるん？　めっちゃ助かるわ。オーガに金棒《かなぼう》やな！』

「オーガに金棒ってどういう意味だ？」

『何や……そんな例えも分からんの？　まぁ簡単に言うたら無敵っちゅーことや！』

つい気になって口を挟むと、金ちゃんが呆れた顔をして教えてくれた。だって知らないんだから仕方ないだろ。……オーガに金棒、覚えとこう。

「この蠱毒……禁忌《きんき》魔道具を使い、さらに禁呪を魔道具に封じ込め作られておった。何のためにこんなことを？」

パールが穴の周りをウロウロと歩き、魔道具を見つけたらしい。それをすぐに解析《かいせき》して分かるとか、パールは天才なんて枠《わく》をもう超えている……もう！　もっといい言葉ないかな？

はぁ……自分の語彙力《ごいりょく》のなさを痛感《つうかん》する。

パールと金ちゃんはこの後も魔道具がないか蠱毒跡地《あとち》を探し回り、八個の魔道具を見つけた。

俺はその間何をしていたかというと、離れた所で必死に豪華肉バーグサンドの下拵《したごしら》えをしていた。パン焼いたり、肉を細切れにしたり……と色々だ。

準備は万端《ばんたん》！　豪華肉バーグサンド、いつでも食べれるぜ？

「この魔道具を作った奴等は、あの怪しい村に居た人族じゃろう。今拘束しておる男も同じ」

調査の状況を報告しに来てくれたパールがそう言った。

「あの……何だっけ？　何とか教って言ってたな？」

「燦聖教じゃ！」

「そうそうソレっ！　サンセー教な！」

「さんせい教じゃ！　まあ、発音は何でも良い。燦聖教が何をしたいのかは謎じゃが、良からぬことをやろうとしているのは分かる！」

パールが怪訝《けげん》そうな表情をして何かを考えている。

燦聖教……この先、もしかしたら絡むことになりそうだな。捕まえたこの男から、何か情報が得られれば良いんだが。


その後、パールは蠱毒の大穴を浄化し、土魔法で入り口を塞いだ。俺の魔法はただ爆発させただけだから、こうやってパールに後始末をしてもらえると安心だ。

そして塞いだ穴の上に石碑《せきひ》を置き、この蠱毒で死んでいった沢山のドラゴン達を弔《とむら》った。

金ちゃんを見たら、肩を震わせ静かに泣いていた。横に居る赤色ドラゴン（良）もだ。

仲間達を思い出しているんだなと思い、俺はそっとその場を離れ、豪華肉バーグサンドの仕上げに取り掛かる。

ジューッと。

肉の焼ける良い音が響く……。

いい具合に焼けてきたぞ！　あとはパンに肉バーグを載せ、特製トゥマトソースをアレンジしたタレをかける……ゴクリッ！

これだけでも美味そうだけど、今日は特別バージョン。この上に薄くスライスした、ベヒイ特製チーズを載せてパンで挟み、完成だ！　チーズが熱でとろけ、見ているだけで美味そうだ！

コピー料理でこれを増殖《ぞうしょく》してっと……。

ゴクリッ！と自然に喉が鳴る。味見しよっかな？

「⁉」

豪華肉バーグにかぶりつこうとした瞬間……！

俺の周りにはヨダレを垂れ流し、豪華肉バーグを必死に見つめるみんなが居た。

金ちゃんと赤色ドラゴン（良）は、さっきまで泣いてなかった？

何でこんな至近《しきん》距離で、ヨダレを垂らして肉バーグを凝視《ぎょうし》してるんだよ！

「分かった！　分かったから。みんなで肉バーグサンド食べようぜ！」

『『『やったー！』』』

異空間に居た銀太達も呼んで、みんなでワイワイ豪華肉バーグサンドを頬張った。

『チーズがとろけて……俺に絡みつく！　もしや？　俺まで肉バーグにする気だな？』

スバルよ……お前は食えないよ！

「はぁ……肉バーグ！　ワシはこのチーズ入りが気に入ったのじゃ！」

『何て美味さや！　ワイのほっぺた落ちて、何処かに行きよった！』

金ちゃんよ……ほっぺた落ちてないけどな？

『はぁ……美味い！　人族の兄ちゃんは料理が上手なんだな！』

「赤色ドラゴン、気に入ってくれて嬉しいよ」

『俺にはな？　エンって名前があるんだ。特別に兄ちゃんはエンって呼んでもいいぜ』

そうか！　だからコイツは人語が話せたのか……。

「エン……は昔テイムされたことがあるんだな？」

『そうさ……俺を置いて逝っちまったけどな。俺の主はずっと変わらねぇ』

赤色ドラゴンのエンは幸せそうな笑みを浮かべ……また肉バーグを頬張った。俺は温泉で会ったエニシのことも思い出し、少ししんみりした気持ちになる。

そうしていると、スバルが近寄ってきて、小声で俺に言った。

『ティーゴの旦那！　キラのこと、いいのか？　神眼で見たんだろ？』

「えっ！　あ……ああ」

スバルも神眼でキラを見たから分かるんだな。

キラを神眼で見た時に……見ちゃったんだよな。

俺にテイムして欲しい。ずっと俺達と一緒に居たいって……ステータスに書いてあった。

俺は嬉しいけど、本当にキラはいいのか？　折角ドラゴン渓谷に辿り着いた訳だし。

ドラゴン達が沢山いるこの渓谷で過ごす方が幸せなんじゃ……とか考えちゃって、キラにテイムのことを言い出せないでいた。

『何をウダウダと考えてんのか分かんねーけどな？　決めるのはキラだ！　ティーゴの旦那はその望みを叶えるだけ！　分かった？』

そっか……そうだよな。決めるのはキラだ。俺は何をウダウダと……。

スバルの奴め。たまにはいいこと言うじゃねーか。

『旦那？　分かったのか？』

「分かったよ。ありがとうスバル」

『分かったんならいいよ！　俺はキラのこと、気に入ってるし……』

スバルは照れ臭いのか飛んで行った。相変わらず照れ屋だな。

よし、キラにテイムのことを聞こう！　と決めたはいいが、時と場所は選ばないとな……。とりあえずみんなとの食事の後で呼び出そうと考えていると、キラの方から俺に近付いてきた。

『ティーゴ、オデ、話が……ある…』

「キラ！　話って何だ？」

キラはモジモジしている。これはやっぱり、あの話か？

『オデ、ティーゴ達、好き……ずっと一緒に居たい……ダメ？』

キラが必死に俺達と居たいと話す。

俺は嬉しくてキラを抱きしめそうになる。

「ダメな訳あるか！　キラ、お前は俺達の仲間だろ？」

『ティーゴ……オデ、仲間、嬉しい』

大きな体を震わせて、キラは、大粒の涙を落とす。

「キラ……ずっと俺達と一緒だ！」

《テイム》

俺がそう唱えると、眩い光が俺とキラを包んでいく。テイムするには名前を付ける必要があるんだけど……そんなの、決まってるよな。

「お前の名前はキラだ！」

『暖かい……オデ、ティーゴに、テイムされた……幸せ』

「よろしくな？　キラ」

『……ん』

俺達の仲間にキラが加わった！

★★★

『もうー！　何処に行ってたん？　ワイを置き去りにして！』

肉バーグサンドの祭りを終えてドラゴン渓谷に戻ると、ベヒィがドタドタと走って来た。

「ゴメンな！　色々とあったんだよ。これで許して？」

俺はベヒィに豪華肉バーグを渡す。

「ベヒィ特製チーズも使ってるからな？」

『もう！　そんなんで許さへんよ？……なっ、何なん！　この美味そうな匂い！……たまらん！』

ベヒィは堪らず豪華肉バーグにかぶりつく。

『うんまっ！　肉汁が迸《ほとばし》る……どーするん！　こんな大量の肉汁っ受け止め切れんで？　ワイの体は肉汁でビショビショや！』

ベヒィよ！　肉汁でビショビショって、そんな訳あるか！

ベヒィが美味そうに豪華肉バーグサンドを頬張ってる姿を見ていたら、金ちゃんが近付いて来た。

金ちゃん？　まだ肉バーグサンドが欲しいのか？

『なぁティーゴ？　今回のお礼がしたいんよ……ワイに出来ることなら何でもするから言うてくれ！』

「えっ……お礼？」

肉バーグの追加かと思ったら、お礼とか言い出した。

金ちゃんは『何でも』って言ってくれてるけど……これといって欲しいものが浮かばない。

困っている俺に、パールが助け舟を出してくれる。

「ティーゴよ？　ドラゴンフルーツの苗を貰ったらどうじゃ？　あれは美味いから異空間

でも育てたいんじゃよ」

「さすがパール！　そうしよう。金ちゃん決めたよ！　ドラゴンフルーツの苗が欲しい」

『えっ⁉　そんなんでええん？　ドラゴンの鱗とか……牙とか……ワイはティーゴのためやったら捥《も》いでもエエ！』

ヒィッ‼　何を言い出すんだよ！　そこまでしなくていい。

「きっ金ちゃん？　その気持ちだけ貰っておくよ。ありがとうな？」

『そうか？　ほんまにええん？　ドラゴンの鱗や牙は高値《たかね》で売れるんやで？』

「良い良い！　苗が良い！」

『分かった。ほな、苗見てくるわ』

金ちゃんは苗を探しに飛び立って行った。

金ちゃんよ。気持ちは嬉しいが自分の体は大事にしてくれ！

「なぁパール？　この先どうする？　ヴァンシュタイン王国の北の端まで来ちゃったけど……」

「実はの……さっきの燦聖教の男をおしゃべり魔法で調べたらの？　ちょっと気になる場所を言ってのう」

「気になる場所？」

「うむ……ここから東に進むと、隣国《りんごく》との境にある街【シャウエン】があるんじゃが……その男はシャウエンから来たと言うんじゃ。何か関係があると思うんじゃが、ソイツからはそれ以上情報が得られなんだ……しかし、シャウエンを神眼で調べたら、何かこう……嫌な感じがするんじゃ」

「そうなのか⁉」

嫌な感じだと？　燦聖教の男がシャウエンから来たってのも気になるし。

「ティーゴよ、神眼はの？　場所の状態も細かく調べることも出来るのじゃ。魔力をこの土地と一体化するように繋げてみよ」

「えっ？　土地と一体化⁉」

またパールは難しいことを言い出した。簡単そうに言うけどな……。俺に出来るのか？

「そうじゃな……言うなれば、身体強化の応用編じゃ！　体に纏っている魔力を土地にも繋げるんじゃよ。どうじゃ、簡単じゃろ？　さぁ！　やってみるのじゃ！」

ええー！　説明それだけ？　毎回スパルタな先生だよ。

地面に魔力を流して繋げる……んん？　こうか？　出来てるのか？

「おおっそうじゃ！　その範囲をどんどん広げていくんじゃよ。イメージは水が地面に広がる感じじゃよ！」

水か！　なるほど……こうか？

「あっ！」

凄い……生き物達の生気を感じる……わぁっ！　凄いぞ、目で見てるように分かる。

「パール。凄いよこれ！」

「上手く使いこなしたようじゃの？」

何だ？　東に行くにつれ禍々しい……これは何だ？

木々から生気を感じない。魔獣も居るが……何かが変だ。

「分かったかの？」

「うん何か変だ。パールの言っていることが分かったよ」

「で？　どーするんじゃ？　シャウエンに行くか？」

「パール？　俺にこんなことまでさせて行かないって選択肢はないだろ？」

「ふふっ……バレたかの」

次なる旅の目的地は、東にある隣国との境の街、シャウエンに決まった。

『お待っとさーん♪　ドラゴンフルーツの苗持って来たでー！　三つ芽吹《めぶ》いてたわ。どーぞ』

そうこうしているうちに、金ちゃんがドラゴンフルーツの苗を、三つも持って来てくれた。

「三つも！　金ちゃんありがとう。異空間で大切に育てるよ」

『どういたしまして！　ドラゴンフルーツはな？　パワー回復効果もあるんやけど、ドラゴン達が成長するために欠かせないエネルギー源なんや！　キラに腹一杯食べさせてやってな』

そうか！　ドラゴンフルーツはドラゴンの成長に欠かせないのか……だから、ドラゴン達はドラゴンフルーツを求め、ドラゴン渓谷に集まるんだな！

何か俺……ドラゴンドラゴン言ってるな。

『それでティーゴ達はもう……旅立つんか？』

金ちゃんが少し寂しそうに俺に聞いて来た。

引き留めてもらえるのは嬉しいけど、シャウエンのことがあるからな。

「悪いけど、もう行かなきゃ。最後にみんなでドラゴン源泉に入ってから、出発しようと思ってるんだけど、いいかな？」

『おおー！　ええなぁ……ワイも一緒に入る！』

★　★　★

『ティーゴ！　ちゅぎはパティよ。ちれーにしてね？』

『キュウッ！』

パティとキューが尻尾をプリプリ振り、洗ってくれと順番待ちしている。

『ふうぅ……主様の魅惑《みわく》のシャンプーは最高ジャイ！』

ドラゴン源泉で、俺は可愛いモフモフ達を順番に洗い、まだ自分は湯船に入れてない……。あと何匹だ？

あまりにもウットリとモフモフ達が俺にシャンプーされているので、金ちゃんは気になったのか、シャンプーの順番待ちの列にソワソワしながら並んでいた。

俺……あんなデカいドラゴンを洗うのか……ちゃんと洗えるかな？

『ティーゴ？ よろしくな。ワイも洗ってな？』

「金ちゃん。洗うのは全然大丈夫なんだけど、金ちゃん大きいから、俺の背じゃ届かないかも！」

『……ほな、これならどう？』

ボンッ！

金ちゃんは一メートルほどのチビ竜姿になった。

「凄いっ、小さくもなれるんだ！」

『当たり前や！ Sランクになると大きさも自由自在や』

『……オデ、出来ない……』

キラが悲しそうな顔をする……。

『そんなんコツを掴んだら簡単やから。後でワイが教えたる！』

『ありがと……嬉し』

キラは嬉しそうに尻尾を振った。可愛いな。

『わっ……!? このテクニック……はぁ！　なんなんティーゴ？　ワイを虜にせんといて』

「きっ金ちゃん、変な言い方するな！」

スバルといい金ちゃんといい、どうして言い方がこうも面白いんだ。食事の時はいいけど、シャンプーの時はやめてくれ！

『やって……こんなに気持ちいいん……ワイ初めて！』

「だあ！　もう分かった。分かったから」

『はふぅ……またドラゴン源泉に来た時は頼むで？　ワイ……ティーゴのシャンプーにハマってしもた！』

ウットリとした金ちゃんは金色の輝きが増し、ピカピカと輝いている。

「そうか！　それは嬉しいよ！」

金ちゃんを洗い上げ、やっとのことで俺は湯船に浸かる。

ふぅ……。この源泉は湯船の温度が熱めだ。外に居るからいい感じに風が吹いてきて、熱い風呂が最高に気持ちいい……。異空間の露天風呂もこれくらいの温度でも良いかもだな。

『主～、お風呂気持ちいいのだ』

「ふふ……そうか。俺も最高に気持ちいい」

銀太が尻尾をフリフリして楽しそうだ。そのせいで俺の顔にお湯がやたらとかかるのだが……可愛いので仕方ない。

ドラゴン渓谷に来たがってたからな、我慢させちゃったかな。次はずっと一緒だからな。

★　★　★

『行ってしまうんやな……ワイ寂しい……すんっ』

『金ちゃん！　ワイもやで……！』

『オカン！』

金ちゃんとベヒィが熱い抱擁《ほうよう》を交わしている。

端から見たら肉弾戦《にくだんせん》をしているみたいにしか見えない。

俺達は陸路でシャウエンに向かうことにした。渓谷の横には森が広がっており、今はその入り口に立っている。ドラゴンのみんなとはここでお別れだ。

『もう行ってしまうのか？　寂しいぜ！』

「エニシ！　見送りに来てくれたのか」

『当たり前だぜ？　俺達は裸の付き合いだろ？』

「ふふっ、そうだな。エニシ……ありがとうな」

『俺だっているぜ？』

「エン！」

『キラ！　お前に助けてもらった命だ！　困ったことがあれば、いつでも俺は飛んで行くからな！』

『……エン……ありがと』

気が付くと、ドラゴン渓谷のドラゴン達みんなが見送りに来てくれていた。そんなことされたら……もっとドラゴン渓谷に留まっていたくなる。

別れは寂しくなる一方だ。

俺が中々出発出来ずにいると、パールが行こうと声をかけてくれた。

「じゃあ行くかの？」

「…………そうだな！」

意を決して、みんなに大声で別れを告げる。

「金ちゃん、エニシ、エン！　それにドラゴンのみんな、またなー！」

『絶対また遊びに来てやー！』

『いつでも待ってるからな！』

ウオォォォォォォォォォォォォ！

ドラゴン達が咆哮で送り出してくれた。凄い迫力《はくりょく》だ。

俺は金ちゃん達に何度も何度も大きく手を振り、ドラゴン渓谷を後にした。

閑話――ベルゼブブ

ドラゴン渓谷を発《た》った後、パールは久しぶりに魔王城に転移し帰って来た。たまには魔族の者達の面倒も見てやろうと思ったのだ。

だが、魔王城の様子がいつもとは違っていて――

（あれ？　みんな何処に？　いつもワシの部屋を四天王の誰ぞはウロウロとしておるのに……？　今日は誰もおらぬ。はて？）

魔王の姿で自室をキョロキョロと見回すパール。

パールが戻って来ると、大抵その気配を察知して、四天王が押しかけてくる。しかし、今日は何分待っても誰も来なかった。

（来ないと……それはそれでちょっと寂しいもんじゃのう）

「みんながいつも集まっておる広間に行ってみるか……」

パールは広間に続く長い廊下《ろうか》を歩いて行くが、全く誰ともすれ違わない。

「おかしいのう……今日は魔族達が魔王城に余りおらん」

掃除をしていたり、物を片付けたり、雑談していたりと、誰かしら居るはずなのに。

広間に着くと、少し魔族達が居たが、四天王の姿はなかった。

「そうじゃ！」

四天王の誰か――ベルゼブブあたりの執務室《しつむしつ》に行ってみるか、と思い至る。

(今はみんな……仕事が忙しいのやもしれん。ちょっとワシも　仕事を手伝ってやるかのう？)

そう決めるや否《いな》やすぐに移動し、ガチャ！　っと扉を開け、ベルゼブブの執務室の中に入る。

「ベルゼブブよ？　戻ったのじゃ！」

シーーーン……。と部屋は静まり返っており、ベルゼブブの気配はない。

「なっ？　ここにもおらんのか？」

パールが執務室を見回すと……執務室の壁には、人族の服が何着も立て掛けられていた。

(こんなに人族の服が必要とは……ベルゼブブの奴め、何をしておるんじゃ？)

パールが服を不思議そうに眺めていると、ベルゼブブが転移して執務室に戻って来た。

「あっ！　まっままっ魔王様！」

「おおっ、ベルゼブブよ？　何処に行っておったのじゃ……ってその格好は……？」

ベルゼブブは人化し、人族の服を着ていた。

眼鏡《めがね》をかけ、肩まで伸びた黒髪は後ろで結びスッキリとし、シンプルな革のジャケットを羽織《はお》り、黒いブーツを履《は》いていた。一言で例えるなら眼鏡イケメンである。

「靴《くつ》まで履くとは、完璧《かんぺき》な人化じゃのう」

「あっ……ありがとうございます！」

魔族達は靴を履かずに、いつも素足で行動している。なので人化した時に魔族達は靴を履き忘れがちなのだ。

「して、ベルゼブブよ？　何をしとったんじゃ？」

「わっ私めですか？　そそっ……それはもちろん！　人族の街に行き、勉強をしていたのですよ！」

パールの質問に声を上擦《うわず》らせながら返事をするベルゼブブ。パールは魔族に人族との共存を促すため、自分が不在の間は人族の勉強をするように四天王に命じていた。

だから、ベルゼブブの行動は期待通りなのだが……明らかに様子がおかしい。

「ほう。それは感心じゃのう」

「はっ！　このベルゼブブめ、お褒めいただき有り難《がた》き幸せです」

「むっ？　して、その手に持っておるのはなんじゃ？」

「えっ？　ここっ、これでございますか？」

「そうじゃ！　それ以外に何があると言うのじゃ。その甘い匂いがする、手に持っておるのをワシに見せい！」

ベルゼブブは渋々《しぶしぶ》、手に持っていた風呂敷《ふろしき》から中身を出してパールに見せる。

「こっ……これは大福じゃないか！　ワシッ食べたい！」

「こっこれは……そのっ」

「何じゃ？　ダメなのか……」

パールがしょんぼり肩を落とす。

それを見たベルゼブブは狼狽《うろた》え、慌てて大福を差し出す。

「この大福を！　ぜひ食してください魔王様！　魔王様に食されるなんてこの大福めは、何と幸せなことでしょう！」

「そうか？　ベルゼブブがそこまで言うなら……大福いただこうかのう？」

「はい！　ぜひお召し上がりください」

パールはニコニコ笑顔で嬉しそうに大福を口いっぱいに頬張る。

「ふむっ……モグッ…中々……形はちょっと……いびつじゃが……モグッ……味は中々……ハムッ」

「まっ魔王様のお口に合った……？　のでしょうか？」

「うむ！　美味いのじゃ！」

「はぁ！　ベルゼブブ、有り難き幸せ！」

「何でお主が作ったかのように喜ぶんじゃ？」

「あっ……そっそうですよね！」

「して……他の奴等は何処におるのじゃ？」

「それは……まだ人族の国から帰って来ておりません。皆……勉強熱心で……」

「そうか！　それは良いことじゃの。ワシはお前達の勉強の成果を楽しみにしておるからの？」

「もちろんでございます！　このベルゼブブめ、魔王様をビックリさせるほどの人族の勉強成果を、見せるつもりでございます！」

「うむうむ……」

（ベルゼブブ達も、人族をちゃんと勉強しておるようじゃの。次は勉強の成果を発表してもらうかのう）

パールは満足げに頷いた。

「ではワシは旅に戻るのじゃ！」

「はい！　行ってらっしゃいませ魔王様。お気を付けて！」

ベルゼブブは深々と頭を下げた。

そして、パールはティーゴ達の所へ転移した。

一人残されたベルゼブブは、額の汗を拭う。

「ふっふう……魔王様、突然帰って来るんだから……ビックリした。はぁ……バレなくて良かった。でも……食べてくれた。ふふ」

ベルゼブブは美味しそうに大福を頬張るパールの先ほどの姿を思い出し、へにゃりと頬が緩むのであった。

16　ドラゴンプリン

「なぁ二号？　この苗、何処に植えようか？」

『そうだな……何処にしようかな……！　そうだ、露天風呂の周りに植えたらどうだ？』

「それ、いいな！　ドラゴン渓谷みたいだな。ついでにサクラの木の苗も貰ったから一緒に植えるとするか」

異空間に戻った俺は、早速ドラゴンフルーツの苗を露天風呂の周りに植えていく。サクラの苗も一緒にな。

「よし！　これでいいだろ」

露天風呂を囲うようにドラゴンフルーツの苗と桜の苗を植えた。

次は……愛情たっぷり込めて水やりしてっと。

――大きくなってくれよー、大好きだぞー、お前達。

すると瞬く間に成長する苗。

「わわっ！」

この植物急成長にはまだ慣れず、毎回驚いてしまう。

俺の目の前では立派に成長したドラゴンフルーツの木が、沢山の果実を実らせていた。

『ドラゴンフルーツか……どんな味がするんだ？』

「あれ？　二号はまだ食べてないのか？　果肉が甘くって美味いぞー」

『そうなのか……それは食べるのが楽しみだな』

二号がドラゴンフルーツに、ウットリと見惚《みと》れている。

よしっ、それならドラゴンフルーツで何か作るか？　二号も食べたそうだしな。

さて、何を作ろうかな？　こんな時は【創造料理スキル】の出番だな
『ドラゴンフルーツ』『簡単！　すぐに作れる』と念じると、音を立ててお勧め料理が表示された。

《【ドラゴンフルーツ】を使ったお勧め料理》

『ドラゴンプリン』

『ドラゴンミルクジュース』


相変わらず便利なスキルだ。

よし、ドラゴンプリンとドラゴンミルクジュースってやつを作るか。

ジュースの方は他の果物で慣れっこだけど、プリンの方は初めて作るな。必要な材料を教えてもらおう。

《ドラゴンプリンの材料》
ベヒィの濃厚ミルク
ドラゴンフルーツ
スライム

スライムが必要なのか？　スライムかぁ……。スライムは底辺魔物としてお馴染みだけど、異空間には居ない。

でも……あー！　ドラゴンプリン食べてみたい！　どっかにスライム居ないかな……。

そんなことを考えていると、またもピコンと音が鳴り、情報が表示された。

ドラゴン渓谷近くの森にスライム発見。

ななっ！　そんなことまで分かるのか？

創造料理スキル……何て万能なスキルなんだ。

よし！　スライムの居場所まで教えてくれたんだ！　これはドラゴンプリンのために、スライムを探しに行くしかないでしょ！

強強《つよつよ》のみんなが居たら、スライムは逃げちゃうだろうし……俺一人でチャチャッと行くか。

俺はみんなに見つからないように、異空間の扉を静かに開けて外に出る。

神眼の応用をパールから教えてもらったおかげで、スライムっぽいのが居るオーラが感じ取れる。

あそこだな……よし行くか！

体が軽い！　いつの間にこんなに素早く動けるようになったんだ？　これも聖獣達をテイムしたおかげなんだろうか？

「あっ！　いた」

ンン？　何だ、ダークウルフに襲われてる？

俺はスライムの前に飛び出て魔法をダークウルフに撃ち込んだ。

突然魔法で攻撃され動揺したのか、ダークウルフはキャンッと叫び、逃げ去った。

「ふっ、ふう……間一髪《かんいっぱつ》だったな」

――ンキュッ。

――ンキュッ。

水色スライムと桃色スライムが一匹ずつ居て、プルプル震えながらぴょんぴょん飛んでいる。

これは……喜んでるのか？

何だコイツ等、可愛いな。いや待て、こんなに可愛いスライムを討伐するのか？　無理だ。

スライムを生かしたまま、ドラゴンプリンを作れないかな？

創造料理スキルからの返事は……。


生きているスライムから液体を貰うため、死んでいては意味がない。


何だよー！　良かった。間違えて討伐しちゃうところだった。

「なぁ？　お前達にお願いがあるんだよ」

「俺の言葉が分かるのか？」

――ンキュ？

分かるよーっとでも言っているかのように、プルプルプルプルッとスライムは体を震わせる。

――ンキュ！

「そうか！　凄いな、賢《かしこ》いんだなお前達」

嬉しいのか、大きく膨らむスライム達。

――ンッキュ！

「俺な、お前達の出す液体が欲しいんだよ、少し貰えないかな？」

――ンキュ！

いいよーっと言わんばかりに震えると、ニューッと手のようなのを伸ばしてきて、俺の手のひらに液体をポタポタ落とす。

「うわっ！　ありがとうな」

嬉しくてスライム達を撫でた。

――ンキュ！

スライムは初めて撫でたけど、冷たくってプニプニしていて触り心地は最高だ。モフモフとはまた違う感触だな。

スライム達から貰った液体をビンに入れ、この場を立ち去ろうとしたんだけど……。

スライム達が俺の足に擦り寄って離れない。

何だよ！　可愛いな！

「お前達……俺と一緒に居たいのか？」

――ンッキュ！

――ンンッキュ！

スライム達はそうだと言わんばかりに、ぴょんぴょん飛び跳ねる。

まぁコイツ等が居たらプリンをいっぱい作れるし。何より可愛いし……連れて帰るか！

俺は異空間の扉を開け、スライム達を連れ帰る。

『あれっ！　主ー、異空間の外に出てたのか？　我も行きたかったのだ！』

――ンキュ⁉

銀太にビックリしたスライム達が、俺の肩に飛び乗る。

『ほう？　スライム……？』

「ふふっ！　このスライム達はな？　今から作る美味い甘味に欠かせない大切なスライムなんだ！　今日から俺達の仲間になるからよろしくな？」

『美味い甘味に欠かせない⁉　分かったのじゃ！　スライム達よ、我はお前達を大切にするのだ！』

――ンキュ！

――ンキュ！

『そうか！　嬉しいか？　よろしくなのだ！　此処におる魔獣達はみんな優しいからの、安心せい！』

――ンキュ！

――ンキュ！

『主？　此奴等に名前を付けんのか？』

あっ……そうか名前か。んー、何にしよう。

水色が【スウ】。

桃色が【ラア】。

直感で付けた名前だが……仕方ない、他に思いつかないんだ。

――ンキュ！

――ンキュ！

『主ー、気に入ったって！　喜んでおる』

「そうか！　それなら良かった」

こうして異空間に可愛い仲間が増えた。

さてと、材料も揃ったし、ドラゴンプリンを作るとするか！

外にある調理場で作業を始めたからか、聖獣達が興味津々とばかりに集まって来た。

『ティーゴの旦那？　何作るんだ？』

『ドラゴンフルーツを作業台に沢山置いてるってことは甘味ね？』

『おー！　ドラゴンフルーツの甘味か』

スバルと三号が俺の周りをウロウロとしながら、何を作るんだと楽しそうに話している。

「みんな？　出来上がったら呼ぶからさ？　遊んでていいんだぞ？」

『俺は作ってるの見る！』

『私も！』

スバルと三号は調理場の前に椅子《いす》を持って来て、俺が作るのを見るんだと言って楽しそうだ。

『何だスバル？　何をしておるのだ？』

『おおっ銀太！　ティーゴが甘味を作ってるのを見てるんだよ！』

『ほう……我も見ようかのう』

銀太までお座りをし、尻尾をブンブンと振って嬉しそうに俺を見始めた。

おいおいみんな？　そんな楽しいもんじゃないと思うよ？

見られてると、ちょっと緊張するな。

——えーっと、まずはドラゴンフルーツをペースト状に潰し、ドラゴンソースを作るのか……。

風魔法を使い、宙に浮かせたドラゴンフルーツをどんどん細かくしていく。

『おおー！　ティーゴの旦那は風魔法が上手くなったな』

『本当ねー♪　それにドラゴンフルーツが宙を舞う姿……綺麗ね』

フフッ。ただ作ってるだけなんだが、楽しそうに見てくれて嬉しいよ。

——この後はジュエルフラワーの蜜を入れて、ドラゴンフルーツを加熱する、か。その途端、甘い匂いが一気に広がる。

『はうっ！　主、それを食べたいのだ！』とヨダレを垂らす銀太。

それから、甘い匂いに釣られて、パタパタパタパタッ！　と大急ぎで飛んで来たのは……。

『何？　この甘い匂い！　ティアは気になるの！』

甘味が大好きなティアがクルクルと頭上を飛び回る。

「ティア？　もうすぐ完成するから待っててくれ」

『分かったの！　楽しみなの！』

ティアは銀太の頭の上に座った。

——さてと、続きだ。加熱したドラゴンフルーツのペーストを氷魔法で冷やす。

次はベヒィの濃厚ミルクを弱火でゆっくり加熱し、ここにスライム液をちょっとだけ入れる。

そこにドラゴンフルーツのペーストを入れ、しっかり混ぜ合わせてから容器に入れる。

後は氷魔法で冷やして固めたら……ドラゴンプリンの完成だ！

魔法って本当便利！

完成したドラゴンプリンをコピー料理で増やし、机に並べていく。

『おお！　甘味がどんどん増えていく！　ティーゴの旦那、完成か？』

スバルが机の上に乗らんばかりの勢いで、プリンを見つめている。

「お待たせ！　ドラゴンプリンの完成だ。プリンにこのドラゴンソースをかけて食べても美味いよ？」

★　★　★

『美味しいの！　チュルンってしてて蕩けて……口の中が楽しいの！　ティアはドラゴンプリン気に入ったの！』

『甘いけどサッパリしてて……食感が面白いわね。私も気に入ったわ。おかわり！』

「何じゃ！　新しい甘味か？」

『美味そうっすねー？』

『ワイのミルクでこんな甘味が出来たん？　嬉しいわ』

ジャイジャイジャイコブ♪　ジャイジャイジャイコブ♪　キュキュウ♪

みんながドラゴンプリンに集まって来た。忙しくなるぞー！

『オデ、幸せ……プリン、好き』

『何だこのツルンとした喉越《のどご》しは！　俺の喉めがけてプリンが襲ってくる……！　どーするよ？　これはもう飲むしかねーよな！　そうかドラゴンプリンって飲み物なんだな！』

スバルよ。プリンは喉を襲ったりしないからな！

相変わらずの食レポだな。

『ドラゴン♪　ジャイコブ♪　美味い♪』

『プリン♪　ジャイコブ♪　最高♪』

『キュキュウ♪　キュキュウ♪』

ジャイコブ達とキューは踊りながら食べてるな。お前等、そんなことしてると喉につまるぞ？

さてと……俺も味見。

「うんまっ！　冷たくてサッパリしてて……何個でも食べれるな」

ドラゴンミルクジュースもレシピは簡単だから作ってみるか。

冷やしたベヒィのミルクにドラゴンペーストを入れて混ぜるだけ。

どれどれ？

「ぷはぁーっ、美味しっ。一気に飲み干《ほ》しちゃった！」

これはサッパリしてて、風呂上がりのジュースにも良いな。キンキンに冷やして飲んだら最高だな！

「なんじゃ？　ティーゴ一人だけ、美味そうなのを飲んでおるな？」

食いしん坊パールめ、目敏《めざと》いな！

「これはな？　風呂上がりのドリンクにしようと思ってな。試作品だよ」

「何？　ワシもちょっと味見したいのじゃ！」

「仕方ないな？　ちょっとだけな」

パールにはキンキンに冷えたのを作ってあげた。

ゴクッゴクッっと喉を鳴らし一気飲みするパール。

「ぷはっ！　美味いのじゃ！　確かに風呂上がりに飲むと最高じゃて！」

「だろー？」

すると何やら良いことを思いついたのか、パールの尻尾がご機嫌に揺れる。

「ふむ……久しぶりにセロデバスコの湯屋に行くかの？　最高の風呂上がりの一杯。うんうん、良いのう」

「セロデバスコの湯屋か……湯屋のみんなにも会いたいしな。いいなそれ！　行こうぜ」

「よし！　行きたい者達を集めてセロデバスコに転移じゃ！」

湯屋行きメンバーは俺、銀太、スバル、ティア、パール、一号、二号、三号、キラ、ハク、ロウ、キュー、キュウタ、ユパ、パティに決まった。

中々の大所帯《おおじょたい》だな。

キラは湯屋に入るには大き過ぎるので、金ちゃんに教えてもらった方法で一メートルサイズになってもらった。

「ヨシ！　転移するのじゃ」

久しぶりのセロデバスコ！　楽しみだな。

17　セロデバスコの湯屋

セロデバスコの湯屋に転移すると……。

そこは大勢の人で賑わい、活気に満ち溢れていた。

湯屋の周りには軒並《のきな》み路面店が並び、食べ物や小物などのさまざまな商品が販売されている。

湯屋の外をウロウロと歩き、路面店を堪能している観光客達はみんな、倭の国発の

【館内着《ユカタ》】を着ている。俺達がここを去った時は湯屋の中でだけ着ていたけど、変わったんだな。

何だか異国に来たみたいだ。

『凄いな……こんなに賑わって。この場所が元スラムだったとは思えねーな』

「そうだよなスバル。こんなにも発展するなんて！」

領主のデニールさんやギルマスのアメリアさん、さらにはスラムに暮らしていたボルトさん達……みんなが頑張った成果だよな……。

「ティーゴよ！　あれを見るのじゃ」

「えっ？　あれ？」

パールが示した方を見ると、大きな四角い箱が紐《ひも》で吊《つ》るされて、上がったり下がったりしている！

この湯屋は、セロデバスコの名所である大穴の底に作られている。だから、地上から来る時は階段を使って下りていたはずなんだけど……どうやら今のお客さん達はあの箱で上り下りしているみたいだ。

「ほう……これはよく考えたもんじゃ！　あれに乗れば湯屋へ楽々来られる。それにあれは乗ってても楽しいじゃろうなぁ」

チラリ、と俺を見るパール。

何だ？　その熱い瞳は……そんな眼差《まなざ》しで見ないでくれ。分かったから！　行くから！

「近くまで見に行くか？」

「もちろんじゃ！」

俺達は大所帯で謎の四角い乗り物へと向かった。

ちょっと気になるのが、すれ違う人達の俺達を見る目だ。気にし過ぎなのかもしれないけど……みんなウットリと見ていたり、キャーキャーと悲鳴ではない歓声が聞こえたり……。

怖がられるよりはいいんだが……。

「おっ？　ティッ、ティーゴじゃねーか！　遊びに来てくれたのか？　嬉しいぜ」

四角い箱の麓《ふもと》にはボルトさんが居て、俺に気付き大きく手を振っている。

「ボルトさんお久しぶりです。今日はみんなに会いに来たのと、温泉に入りに来たんだ！」

「そうか！　ならゆっくりしていってくれよ？」

「ところでこの大きな動く箱は何じゃ？」

早速パールがこの箱について質問する。

「ああっこれかい？　凄いだろう。新しく湯屋に入ったスタッフがな、こんな便利なのを作ってくれたんだよ！　このボタンをポチッと押すだけで紐が引っ張られて、地上まで自動で上がる仕組みさ」

「なるほどのう……よく出来ておるな！　ぜひともこれを作ったスタッフとやらに会いたいもんじゃ！」

「ああ、ベリちゃんなら湯屋で働いてるから、あっちに行けば会えるぜ？　案内したいところなんだが……俺はこのゴンドラを動かす仕事があって、持ち場を離れることが出来ねー。すまんな」

「ヨシ！　このごんどらとやらに乗ってみるのじゃ！」

「是非乗ってみてくれ！　これも観光名所の一つになってるくらい人気なんだぜ？」

『面白そうなのじゃ！』

『この箱で踊るジャイ！』

みんながワクワクしてるけど……コイツ等全員乗ったら、重さで壊れないか？

「あの……みんなが乗ったら壊れたりとか」

「ああ！　それなら大丈夫だ。ええと重力を無効にして、箱の中は重さが関係ないとか何とか言ってたな。詳しい話はベリちゃんに聞いてくれ！　――さあ！　ゴンドラが下りて来たぞ！　みんな乗ってくれ！」

下りて来たゴンドラは、大きな大きな四角い箱で、周囲には窓が取り付けられていた。

高さも相当なもので、大体三メートル弱はあるか？　今の俺達の中で一番大きい銀太でも、頭が天井につかないほどだ。

『我が一番なのだ！』

『何をー？　俺が一番乗りだ！』

『あっしが一番っす！』

聖獣達は我先にと、押し合いへし合いしながらゴンドラに乗り込んだ。

そんな慌てなくてもゴンドラは逃げないと思うぞ？

『思ったより中が広いな！　窓がいっぱいあって景色も見えるしいいな』

二号が中を満喫している。俺達が全員乗っても少しは余裕がある広さだ。

全員乗ったのを見計らい、ボルトさんが窓の向こうでゴンドラを操作した。上昇開始だ。

『わぁ！　斜《なな》めに上がって行くコブ！　不思議コブねー』

みんな楽しいのか、窓にへばり付いて景色を見ている。

パールだけはキョロキョロと、ゴンドラの造《つく》りを研究していた。

「ふむ、面白いのじゃ！　これを作った奴は中々の魔法使いじゃな。よく考えて魔石を使っておる」

大穴の高さは数百メートルはあったはずだけど、景色を楽しんでいるとあっという間だ。

徐々に減速し、地上のゴンドラ発着場が見えてくる。

『あーもう天辺に着いちまった！』

『もう少し乗りたかったのだ！』

ゴンドラから下りると、銀太とスバルが残念そうに呟く。

「おいおい？　今度は下《くだ》りに乗るんだろ？　このままだと湯屋に行けないじゃないか」

『そうだったのだ！　早く行くのだ！』

『俺が一番乗りだ！』

銀太とスバルが下りのゴンドラの乗り場に走って行った。

ププッ、何だか小さな子供みたいだな！

★★★

ゴンドラを二回にわたって堪能した俺達は、やっと大穴の底に戻り、お目当ての湯屋に入って行く。そんな俺達が鉢合《はちあ》わせしたのは、知り合いの冒険者ギルドマスター、アメリアさんだった。

「おおっ、ティーゴじゃないか！」

「アメリアさん！　お久しぶりです！　あれっ、ギルドの仕事は？」

「んん？　今日はもう仕事が終わったからね。たまにはご褒美《ほうび》の湯屋さ！」

「とか何とか言って毎日来てるんですよ？」

湯屋のスタッフさんが口を挟む。

「おいおい！　それはっ」

「あっ！　アメリアさん、いらしてたんですね？」

紫色の髪をした、背の高い色白の男性が話しかけて来た。

こんな綺麗な顔した人……前から湯屋に居たっけ？

「おお！　ベリちゃん、今日も仕事頑張るねー。ああそうだ！　紹介しよう、新しく湯屋のスタッフになったベリアル。愛称《あいしょう》はベリちゃんだ」

アメリアさんが新人スタッフさんを紹介してくれる。

なるほど、この人がさっきボルトさんが話していたベリちゃんか。

などと考えていたら……。

「ブッフォッ、ベリアッ……ゲフンゲフンッ」

「パッ、パール？　どうしたんだ？　急に咳き込んで大丈夫か？」

「あだっ……大丈夫じゃ！　ンンッ……ベリアルの奴め、何をしとるんじゃ、湯屋のスタッフって。勉強どころか馴染み過ぎじゃろ」

パールは何やら独り言《ひとごと》をぶつぶつ言っていた。急にどうしたと言うんだ。

★　★　★

「ベリちゃんがね？　この湯屋にもっと簡単にお客様が来れるようにって、何度も試行錯《しこうさく》誤《ご》してゴンドラを作ってくれたんだよ！　賢いよね？」

アメリアさんが興奮気味にベリちゃんとやらの功績《こうせき》を教えてくれる。良い人がスタッフに入ってくれて俺も嬉しい。

「俺達、さっきゴンドラに乗ってきたところだよ！　景色も見れて乗り心地も最高だ。ベリアルさんは凄いな！」

俺がそう言うとベリちゃんは右手を心臓に当てて、綺麗な所作《しょさ》でお辞儀《じぎ》する。

「初めまして、ベリアルと申します。お褒めいただきありがとうございます。貴方様は天使ティーゴ様でございますね？　このような素晴らしい湯屋をお作りになったと聞き、私めは感動しております！」

「べ、ベリアルさん⁉　大袈裟だよ！　それに作ったのは俺の横に居る二号とパールだよ」

「ああ、神獣様達ですね？」

「し、神獣様？」

俺がキョトンと不思議そうな顔をしていると……。

「ほら、あちらの壁に、この温泉が出来るまでの物語が……」

右手でベリアルさんが壁を指し、さらに詳しく説明してくれた。

「何だこれ！　前はこんなのなかったぞ？」

壁には大きく俺、銀太、スバル、パール、ティアの姿が……さらに一号、二号、三号は人化した姿で絵が描《えが》いてあり、その周りに、物語が書かれていた。

なになに……？


【セロデバスコの街を救った天使ティーゴ様と神獣様達の物語】

廃《すた》れ切ったこの街セロデバスコを救済《きゅうさい》するべく、天使ティーゴ様と神獣様達がこの街に降り立った。

天使ティーゴ様はまず悪を排除《はいじょ》し、この街に幸せをもたらす。

スラムがあった所には神獣様を遣《つか》わし、不思議な湯屋を建築した。

それがこの湯屋『天使の湯《ティーゴ》』。

ここは天使ティーゴ様と神獣様達が作った、ご利益《りやく》がとてもある神聖《しんせい》な湯屋なのです。

天使様のお力により、この湯屋に入ると、不思議な力を得ることが出来るのです。


「——何だこれ！」

ちょっ、待って！　恥ずかし過ぎる！

「いいだろ？」

「ええ、とても素晴らしいお話ですね」

アメリアさんとベリちゃんが絶賛《ぜっさん》しているけど……。

喜べませんよ⁉

それに今気付いたけど、何だ、天使グッズって！

湯屋カウンターの隣にデカデカと【天使グッズ販売所】って書かれた旗《はた》が刺さっている。

そのコーナーでは色々な小物が売っているのが見える……。

「あの……アメリアさん？　天使グッズって？」

「この湯屋の看板商品でね！　大人気ですぐに完売してしまう入手困難な天使グッズさ！

天使グッズを集めるコレクターなんかも居るくらいなんだよ？」

何か頭が痛くなってきた……。これってルクセンベルクと一緒じゃないか！

『主～、このふわふわのクッションが欲しいのだ！　我の絵が付いておる！』

『俺も欲しい！』

銀太とスバルが、自分達が描かれたクッションが欲しいと言い出した。

「目の付け所がさすがだね。これは新作なんだよ、今日再入荷したばっかりでね？　ナイスタイミングだよ」

アメリアさんが嬉しそうに説明してくれる。

分かったよ！　分かりました。それで街が潤うんなら俺はいくらでも我慢するよ。

さっき歩いていて、やたらと視線が気になったのはこのせいだったんだな！

「しかし神獣様達は素晴らしいですね。ボルト様から聞いたお話では、この湯屋を一日で完成させたとか……？」

「正確には四時間じゃっ！」

パールが物凄く嬉しそうに、ベリアルさんの話に食いつく。

「よよっ四時間ですか！　それは素晴らしい魔力をお持ちなんですね。さらに温泉に浸かると、不思議な力を得ることも出来ますし、そんな凄い湯屋を短時間で作るなんて、私には到底無理なこと！　パール様は凄いです」

「そうじゃ！　ワシは凄いのじゃ！」

ベリアルさんって褒め上手だな。パールが凄く嬉しそうだ。

「ところでさ？　お風呂に入らないのか？」

『行くのだ！　早く色々な風呂を楽しみたいのだ！』

『俺もだぜ！　外の風呂が俺は好きだ！　また面白いスキルを貰ってやるぜ』

銀太とスバルは温泉に走って行ってしまった。浸かるだけでスキルが貰える、面白い風呂があるんだよな。まあ、作ったのもコイツ等なのだが。

「じゃ、この寛ぎスペースで待ち合わせな？」

『『はーい♪』』

今日の一号達は人化しているので、女湯に入って行った。

「キラとキュー達とジャイコブ達にカーバンクル兄妹は、ここの温泉は初めてだよな？」

みんなの方を見ると、頷きながらもプリプリと尻尾を振っていて、しかも動きが異常に速い。分かりやすい奴等だ。

★　★　★

浴室に向かうと、一瞬他のお客さん達がザワついたけど、話しかけてはこない。どうやら俺達のことをそっとしておいてくれるみたいだな。騒がれたら楽しめないからな……良かった。

洗い場の広い所を貸してもらうと、俺はキラやハク達を一列に並べた。さっ、みんな、洗うからおいでー？

シャンプーを泡立《あわだ》て、まずはキラの体を撫でるように洗ってやる。

『オデ、ティーゴの手、好き……暖かくて、心が嬉しい、なる』

「そっそうか？　照れるな、ありがとうキラ」

次は誰だー？

『キュッキュウ♪　キュウス♪』

「キューにキュウタか？　よしまとめて洗ってやる」

『キュウウ～♪　キュフ♪』

『キュッキュウ♪　キュウス♪』

嬉しそうだな、と見ていたら……。

『幸せー！　体が蕩けるって言ってるジャイ』

『気持ち良過ぎて眠くなるー！　だってコブ』

次の順番待ちをしているハクとロウが、キューとキュウタが何を言ってるのか教えてくれる。

俺の使い獣達はみんな仲がいいな♪

そしてハクとロウの番が回ってくる。

『はぁ……主様のテクニック、今日も最高ジャイ』

『本当コブ……俺の体はもう主様の虜』

だから言い方な？　気持ちは嬉しいけど。

『オイラもティーゴの手好きー』

『パティもしゅきー』

「そっそうか？　ありがとうなユパ、パティ」

みんなをピッカピカに洗い終えたことだし。久しぶりにこの豪華な湯船を楽しむとするか！

『オデ、森の風呂、すき』

『俺は滝の風呂が気に入ったジャイ』

『俺は寝れる浅めの風呂コブねー』

『俺もキラと同じで森だな？』

湯船から上がった使い獣達は、寛ぎスペースでどの風呂が一番か話している。みんなが選んでいるのは外にある風呂ばかりだな。俺は中にある木の風呂とかも好きだけどな。

「さてとだ。風呂上がりの締《し》め！　っていうかメインだな」

このために湯屋に来たと言っても過言《かごん》ではない。

「みんな〜！　今日のジュースはドラゴンミルクジュースだ」

少し大きな声でみんなを集める。

『何だその美味そうなジュースは！　白と橙《だいだい》が混ざり合い……何て綺麗なハーモニー！』

スバルよ、相変わらず大袈裟だな！

「そのまま飲んでも美味いし、よく混ぜて飲んでも美味いよ」

『うんまっ！　美味いのだ。我はおかわりが欲しいのだ！』

『ティアもなの！　おかわり欲しいの！』

「風呂上がりの一杯って約束だろ？　また明日のご褒美な」

『うう……明日が待ち切れないのだ……でも仕方ない、約束なのだ。我慢する』

ティアと銀太がシュンとしていると、パタパタッと軽快な足音が廊下から聞こえた。

『ズルいー！　先に美味しそうなジュース飲んでる！』

『本当っすねー！　あっしも欲しい』

『俺もだ！』

女湯から出て来た一号、二号、三号がジュースを見て走って来た。

「走ったらダメだぞ！　慌てなくてもちゃんとあるから！」

『『『はーい』』』

俺達が寛ぎスペースでジュースを飲んでいると、ベリアルさんが近寄って来た。

「何を飲まれてるんですか？」

「これはドラゴンミルクジュースだよ。ベリアルさんも飲む？」

「いっ、いいのですか？」

「どうぞ」

「いただきます。……ゴクッ⁉　ゴクッゴクッゴクッ……プハッ！」

いい飲みっぷりだな。

「何て美味しいジュース！　こんなに美味しいジュースは初めてです。……ああっもったいない、一気飲みしてしまった！　私めのバカ‼　もっと味わいながら少しずつ飲めば……」

「あははは」

「へっ？　なっ、何かおかしいこと言いましたか？」

真面目そうなベリアルさんが、あんなに狼狽えるなんておかしくって。つい笑ってしまった。

「いや……そんなに喜んでもらえるなら、もう一杯どうぞ！」

「いっ、いいのですか！　天使様ありがとうございます！」

『あっズルいのだ！　二杯目なのだ！』

『ズルいのー、ティアは我慢したのに』

銀太とティアが騒ぎ出した。ベリアルさんにあげたのを見てたんだな。食いしん坊達め、しょーがないな……今日は特別だ！

「分かったよ！　今日はみんなも二杯目までおかわりオッケーだ！」

『『『やったー！』』』

「んんっ？　何美味そうなの飲んでるんだ？」

ベリアルさんがあまりにも感動しているので、その姿を見たアメリアさんまで様子を窺いに、寛ぎスペースにやって来た。

「みんなで新作ジュースを飲んでたんだ。アメリアさんもどうぞ！」

「いいの？　何だか催促《さいそく》したみたいで悪いね？」

アメリアさんが嬉しそうにジュースを飲む。

「なっ！　何て美味いんだ！　風呂上がりの熱《ほて》った体にキンキンに冷えたジュース！　はぁぁ……最高だ！　毎日飲みたいくらいだ」

「そんなに美味しいんですか？」

「オレも飲みたいな」

「おいちそー」

アメリアさんのジュースを覗き込むように見る、上品な身なりをした初老の男性と可愛い子供達。

「あっわっ！　デッ、デニール様！」

彼らの突然の登場に驚くアメリアさん。彼女の目の前には、セロデバスコの領主デニール侯爵《こうしゃく》が、可愛い孫のルートとミューを連れて立っていた。

俺も慌てて姿勢を正《ただ》して挨拶する。

「わっ、デニール侯爵。それにルートにミューも！　久しぶりだな」

「お久しぶりです、天使様。湯屋に天使様が降臨されたと聞き、急いで参りました！」

「会いたかったんだぞ」

「ミューもだにょお」

デニール侯爵……相変わらず俺のことを天使呼び。もう慣れたけど、久しぶりだとちょっと恥ずかしいな。

「この素晴らしいドリンクは天使様が考案されたのですか？」

「考えたってほどでもないけど……ミルクに果実のソースを混ぜただけの、誰でも簡単に作れるジュースです。デニール侯爵も飲んでみますか？」

「ありがとうございます！」

「あー！　ミューもほちい！」

「オレもー！」

ルートとミューがピョンピョンと飛び跳ねる。

「ルートとミューのもちゃんとあるから！」

俺はドラゴンミルクジュースを三人に渡す。

「おいちー！」

「おいしいな！　甘くてサッパリして……この冷たいのがいい」

おお、ルートは七歳にしては的確な食レポだな。

「こっこれは!?　何て美味しいのでしょう！　こんな奇跡《きせき》のドリンクが簡単に作れる？　ぜひもっと詳しく作り方を教えていただきたい！　風呂上がりに飲む至高《しこう》のジュース！　ああ……これは湯屋の新しい名物になりましょう！」

デニール侯爵が興奮気味にグイグイと迫ってくる。

距離が近過ぎないですか？

「デッ、デニール侯爵⁉　ちょっと落ち着いてください！　作り方教えますから！」

「そうですか……このジュースは特別なミルクのおかげで美味しいんですね。我々には入手出来ません……湯屋の新名物にピッタリだと思ったんですが残念です」

ドラゴンフルーツももちろん美味いんだが、これまで作ってきたジュースのことを考えると、むしろベヒィのミルクの方が重要だと俺は思う。

しかしそう説明すると、ガックリという文字が頭の上に見えるくらい、デニール侯爵は項垂《うなだ》れてしまった。うーん協力したいけど……こればっかりはベヒィにも聞いてみないとなぁ。俺の一存では決められない。

「あの……デニール侯爵？　まだ確定ではないんですが一日限定百杯とかでもいいのなら……ミルクについて協力出来るかもです。あっ確定ではないですよ？」

「ほっ本当ですか！　天使様！　是非に是非に！」

さっきまで項垂れていたとは思えない速さで、俺の手を握りしめ興奮気味に話すデニール侯爵。またも顔が近くなり、もうちょっとでキスの距離だ！　いくらなんでも男とキスなんてごめんだ！

「ちっ近い。近いですよ！　デニール侯爵！」

「あっ！　すすっすみません……嬉しさのあまり興奮が抑えられなくて」

ふう――！　ビックリした。

「とりあえずミルク作ってる奴に聞いて来ますね？」

「はい！　よろしくお願いします！」

俺は人気《ひとけ》のない場所で異空間の扉を出し、ベヒィの所に向かう。

「ベヒィ！　頼みがあるんだけど……」

『どしたん？　そんなに慌てて？　どんな頼み？』

「ベヒィのミルクがな？　美味し過ぎて大人気で……セロデバスコの領主さんから売って欲しいって頼まれたんだ」

『――美味し過ぎて大人気⁉　なんやてー！　そんな嬉しいこと言われたらナンボでも売ってエエよ！』

「ベヒィはさ？　ミルクって一日にどれくらい作れるんだ？」

『んー？　どれくらいやろ？　一万リットルまでは作ったことあるけどなぁ……入れもんさえあればナンボでも作れるで？』

いっ、一万リットルって！　まだそれ以上作れるとか……桁違いだ！　さすがSランク。

「そんなにはいらないよ！　とりあえず俺と一緒に来てもらえるか？」

『エエよー！』

ベヒィを連れて行くと、見た目が強面《こわもて》なので湯屋に居たお客さん達が怖がってしまった。

慣れたらすっごく可愛いんだけどな。

俺達は急遽《きゅうきょ》使っていない客間で話し合いをし、この先ミルクをどうするか色々決めることに。

「ベヒィ様、ミルクをありがとうございます！」

『ミルクはナンボでも作れるんやから……そんなに気使わんといて？　なっ？』

デニール侯爵に頭を下げられ、ベヒィは照れている。

ベヒィは『ミルクの量は何リットルでも大丈夫』って言ってたけど、特別感を出すために一日限定二百杯で発売することになった。

ミルクと混ぜるフルーツの種類は、その時採れる旬《しゅん》のものを使うらしい。

湯屋に行くたびに違うジュースが飲めるのか……それは楽しみだな。

それから十日に一度、転移魔法を使えるパール達がベヒィを連れてミルクを納品することとなった。

向こうが提示したミルクの買取代金は俺が想像するより遥《はる》かに高くて、その値段の十分の一にしてもらった。

デニール侯爵は「それでは申し訳ない」と言い中々納得しなかったけど、その浮いたお金を領民のために使う、ということで納得してくれた。

――こうして湯屋に新名物商品が完成した。

「天使様！　今日は是非この湯屋に宿泊していってください。あれからこの宿泊施設も色々と手を加え、テーマ別の特別なお部屋なども登場し、お客様から大好評なんですよ！」

俺達が湯屋に宿泊施設を作った時は、まだベッドに布団だけで、ただ寝るだけの部屋って感じだったもんな。

特別な部屋か……どんな部屋だろう。楽しみだな
湯屋がどんどん進化していくのは嬉しいな。

★★★

それから俺達はアメリアさんにあちこちを案内されて、元スラムを見て回ったり、領民の人に挨拶したりして過ごした。湯屋に戻る頃には夕方になっていて、銀太とスバルが甘えてくる。

『主～、お腹すいたのだ』

『俺もだぜ！　もうペッコペコだ！』

「もうそんな時間か……」

確かにお腹空《す》いたな。

「ワシはカラアゲにタルタルが良いのう……」

『俺も！ カラアゲがいい。あのティーゴが作ったタルタルを付けて食べたら……最高に美味いんだよな！』

パールとスバルは、本当にカラアゲが好きだな。ちなみにタルタルっていうのは、正しくはマヨネタルタルのこと。創造料理スキルを色々試していた時に出来た、玉子を使ったソースなんだ。揚《あ》げ物によく合って美味しい。

「よしっ今日はカラアゲにするか！」

横に居たアメリアさんがゴクッと喉を鳴らす。

「カラアゲ？ って何だ？ そんなに美味いのか？」

あまりにも美味しそうに、スバルとパールがカラアゲについて話すので、気になったみたいだ。

アメリアさん、ヨダレ垂れてますよ？

「ちょっ、アメリアさん？ 落ち着いて！ ロックバードを油でサクッと揚げたやつだよ！」

「ロックバード⁉」

「そうそう……それにティーゴ特製タレをつけて食べたらのう、格別に美味いんじゃよ！」

パールが遠くを見ながらタレについて語る。

「ティーゴ特製タレ……ゴクッ」

ゴクッと別の方からも喉を鳴らす声が聞こえる。それを見れば……。

「そっ、それは美味しそうですね……」

「おいちそー！」

デニール侯爵親子やベリアルさん達まで、アツい視線を俺に送ってくる。みんな、食いしん坊だな！

「分かりました。みんなでカラアゲパーティーしましょう！」

「いいんですか？」

「わーい！　おいちーごはん」

「やったー！　ティーゴのご飯が食べれる！」

「私めまでご一緒しても？　有り難き幸せ！」

デニール侯爵、ミュー、ルート、ベリアルさんがそれぞれ歓声を上げる。

「では一番広い食堂を貸し切りにしましょう！」

ベリアルさんがそう言って、色んな手配をしてくれた。調理場もスペースを分けてもらい、俺はアメリアさんに手伝ってもらいつつ、大量のカラアゲを作ることにする。

みんなには先に食堂に行ってもらった。きっと、カラアゲの完成を、今か今かとワクワクしながら待っているはずだ。

カラアゲはよく作るから、実は下拵えはもう済んでいる。あとは揚げるだけだ。マヨネタルタルはみんなが好きだから常備《じょうび》してあるし、折角だからもう一品作るか。何にしよう……そうだ、トゥマトスープを作ろう！

まずはロックバードの肉を油で揚げて……っと。

ジュワ～ッパチパチッ！

肉の弾ける良い音が鳴る。

カラッと揚がるのを待っている間に、トゥマトスープを作る。

色とりどりの野菜を細かく切って、軽く炒《いた》めて煮込んでいく。そこにトゥマトソースを入れてもう少し煮込めば完成だ！

カラアゲは甘辛いタレを絡めてマヨネタルタルをかけたら完成だ！

「ティーゴ！　お米が炊《た》けたよー」

米はアメリアさんが炊いてくれた。

「丁度《ちょうど》いい！　カラアゲも完成したよ」

アメリアさんに完成したカラアゲを見せる。

「はぁ……美味そうな匂いだなぁ！　早く食べたいよ！」

「みんなの所に持って行こう」

カラアゲをコピー料理で増やして……そうだ、コピーの限界まで増やしとこう。

これなら、食いしん坊達に『カラアゲおかわり』って言われてもすぐに出してやれる。

食堂に到着した俺とアメリアさんは、皿をすぐに並べていく。

「お待たせー！　みんなの大好きなカラアゲだぞ！」

『やったのだー！』

『銀太！　どっちがいっぱい食べれるか俺と競争だ！』

『フンスッ、我の勝ちなのだ！』

『何をー？　負けないぜ？』

銀太とスバルはいつも通りというか……コイツ等、何でも勝負にしちゃうんだよな。

『はぁ、カラアゲ、美味しい』

キラがゆっくり顎《あご》を動かしている。

『美味しいの、ティアは幸せなの！』

「ティア！　飛びながら食べたらまた落とすぞ？」

「はぁ……美味い！　タルタルと肉汁がついた米を口いっぱいにかきこみ、そこにまたカラアゲ！　これぞ無限ループ！　永遠に食べられるのじゃ！」

パールよ。そんな勢いで食べてたら喉に詰まるぞ？

あれ？　デニール侯爵がカラアゲを食べずに固まっている。どうしたんだろう？

「デニール侯爵、食べないんですか？」

「今。目に焼き付けてるんです！　カラアゲを食べてしまっても思い出せるように！」

「そっ……そんなことしなくても、おかわりいっぱいありますから！」

「え……私も？　おかわりをいただいて良いんですか！」

「いいに決まってます。お腹いっぱい食べてください」

「天使様ありがとうございます！　このカラアゲ。一口一口を大切に噛み締めいただきます！」

デニール侯爵、普通に食べてくれ。

「ん？……ブフォッ！」

ある光景を見て、俺は思わず吹き出してしまった。

「ベベッ、ベリアルさん！　何で泣いてるんですか！」

ベリアルさんは泣きながら、カラアゲを口いっぱいに頬張っていた。

「私めは今まで生きて来て、こんなに美味しい食べ物を食したのは初めてなのです……すんっ。この天使様のカラアゲを食べていると……ふぐっ……幸せで心が満たされ、私は、涙が止まらないのです！　はぁ……幸せ」

そっそうか、美味しくて泣いてるなら……まぁいいか。

料理を作った甲斐があるよ。

何だろう……デニール侯爵にベリアルさん、真面目なんだけど個性が強いな。

こうしてカラアゲパーティーは大盛況《だいせいきょう》となった。

★★★

「天使様、当館で一番お勧めのお部屋です！」

デニール侯爵が、ガチャリ！　っと勢い良く部屋の扉を開け、中に案内してくれる。

「こちらは【天使の間シリーズ】の一番広いお部屋でございます！」

なっ……何だこの部屋！　壁には俺達を描いた大きな絵画《かいが》が飾《かざ》られ、天蓋《てんがい》付きのベッドや高そうなソファには、何故か俺達のクッションが全種類並んでいる。

ハッキリ言って落ち着かない！　全く寛げる気がしないぞ？

デニール侯爵は褒めて欲しそうに、こっちをチラチラ見てるけど……。

「あのっ、デニール侯爵？　この部屋はちょっと……」

「どっ、どうされましたか？」

「とても……そのう、素敵なんですが、別の雰囲気の部屋がいいかな～なんて」

「そっ、そうですか……天使の間シリーズは当館一番人気なんですがね」

デニール侯爵はションボリと肩を落としてしまった。

「いや？　悪い訳じゃなくて？　ほら？　天使が……その……天使の間に宿泊するってのも変かなぁ？　なんて……」

ああっ！　自分で天使とか言ってて恥ずかしい。何言ってんだよ俺！

「なるほど！　天使様のお考えがあるんですね。では違うお部屋を案内しますね」

　はぁ良かった……それにしてもあの部屋が一番人気？　本当に？　信じられないよ！

「こちらが最近完成した【倭の国シリーズ】のお部屋になります。倭の国のお部屋は、ジェラール商会様全面協力のもと作られました」

　ジェラール商会？　ってことは、俺達がたびたびお世話になってる商会長のイルさんがこの部屋を考えたのか！

　入り口の扉がちゃんと引き戸になってる。イルさんの拘りを感じるなぁ。

「さぁ！　中に入ってください」

　わぁ！　中に入ると見たこともない家具や床？　など、初めて見るものばかり！

「ビックリされますよね。窓の造りや床まで私達の住んでいる環境《かんきょう》と全く違います。でもこの湯屋の雰囲気にはバッチリ合ってるんですよね」

「当たり前じゃ！　この湯屋は倭の国をイメージして作っておるからのう？　なぁ二号」

『そうだ！　テーマは倭の国にある温泉だ！』

　パールと二号が口を挟む。そうか、パール達は倭の国に行ったことがあるんだったな……俺も行ってみたいなぁ。シャウエンに行ったら次の目的地は倭の国にしようかな。

「そっ……そうだったんですね！　だからこのお部屋はしっくり来るのですね。ではごゆっくり、体を休めてくださいね。私はこれにて失礼いたします」

デニール侯爵は部屋から出て行った。

「ティーゴ！　これを見てくれ」

パールが指差した床には、藁《わら》のようなものが敷き詰められている。

「これは？」

「タタミというんじゃよ！　この上に寝っ転がってみろ。何とも落ち着く良い香りがするんじゃよ」

俺はパールに言われるがまま、タタミに寝そべる……。

うわぁ……本当だ！　感触も絨毯《じゅうたん》ほどフカフカせず、でも硬くもなくて丁度いい……いい匂い……草原を走ってるみたいだ……。

これは……気持ち……いい……な。


スピー……。


俺はあまりの気持ち良さに、知らぬ間に眠ってしまっていた。

この時俺は、船に乗って旅をしている夢を見ていた。

それはとっても幸せな夢。

色んな国を旅し、みんなで美味しいものを食べて、笑い合う。

さらには見たこともない建物や、新たなる人達との出会い。

まるでそれは、これから起こる未来を示しているようだった。

俺達の楽しい旅はまだ始まったばかり。この強くて可愛くて、何より優しい仲間達との旅は、これからどんなことが起こるんだろうな?

きっと楽しい冒険に違いない。

番外編　銀太とティーゴ

これはティーゴに出逢《あ》い、そして共に過ごした銀太の物語である。

★　★　★

『――って訳よ！　俺の主は何でも知ってるんだぜ。スゲーだろ、フェンリルよ』

我――フェンリルの友であるグリフォンのスバルが鼻息荒く、主のことを嬉しそうに話しておる。もう何度聞いたか分からぬが、大好きなのじゃよな。

――ふむ……なるほど。テイムされるのは幸せなことなのだな。我もいつか主が欲しいのだ。スバルのようにカッコいい名前も欲しい。

『だろ？　だろ？　俺の名前、カッコいいだろ？　フェンリルもいつかきっと……最高の主に出会えるぜ！』

――ふふふ。それは楽しみなのだ。

この話になると、スバルは決まって高貴なるオソロとやらを見せてくれる。大好きな主と同じ瞳の色の魔石で作られてるんだとか。付与《ふよ》とやらもされており、その力が自分を守ってくれるとも。

羨ましいのだ。

我もオソロとやらを、してみたいのだ。

そして心を熱くしてみたいのだ。

だが我は……ランクが高い。こんな我をテイム出来る者など、果たしておるのだろうか？

魔力数値が我と同等か我よりも高くないと、テイム出来ないと、スバルが言っておった。

まぁ、そうであろうな。

たとえ可能であっても、自分よりも数値の低い者に従う気になどなれぬ。

★　★　★

スバルとの出会いからもう三百年は過ぎたであろうか。魔獣――ましてや聖獣である我にとっては百年など一瞬のことだ。

強い魔力数値の者がいないかと、日々探ってはいるのだが……そう簡単にはいかぬ。

ふうむ……明日は行ったことのない未踏《みとう》の地に向かうとするか。

次の日。

我は早起きして、未踏の場所まで走って来た。だが……やはり同じ……我をテイム出来そうな者など……んん⁉

んん⁉　この魔力は⁉　何とも心地よく、そして……桁違いに高い！

此奴なら我をテイム出来る！

どこじゃ⁉ この魔力の持ち主は⁉

地下か⁉ ……これは磁場《じば》が狂っておるな。入れるか？ 分からぬ。

だがこのチャンスを失うと、もう此奴には再び会えぬかも……ぬう。

……無理やり入ってみるか。

我は膨大《ぼうだい》な魔力を持つ者を辿り、この歪《ゆが》んだ磁場の中に転移した。

後に歪んだ磁場がダンジョンだと知るのだが、この時の我はそんなことを知らずに……。

我のせいでダンジョンが崩れ、おかしなことになるのだった。


中に入ると、我の目の前に震える人族がおる。

此奴が、我の主になり得る者か。

何と人族とは！ 人族にこんなにも心地よい魔力を持つ者がおるのか。

人族は魔力数値が低いと思っておったからのう。命も短いしの。意外じゃったが、まぁ良い。

して……どうやったら此奴にテイムしてもらえるのだ？

分からないので、怖がらせぬようゆっくりと人族に近づいていく。

すると……いきなり暖かい魔力に包まれ、我はテイムされた。

どうやら我に向かってテイムと詠唱《えいしょう》したようだ。本人も出来ると思っていなかったのか、目を見開き驚いておる。

ふふっ、面白い奴が主となったもんだの。

これが我の大切な大切な宝物である主、ティーゴとの運命的な出逢いだったのだ。

★　★　★

「銀太！　肉バーグだ。どうだ？　美味いか？」

ニカッとお日様のように笑い、美味しい料理をいっぱい作ってくれるティーゴ。彼が作ってくれた肉バーグを我は口いっぱいに頰張る。

『うっ、美味いのだ。噛むたびに、中からスープのような肉汁が溢れ出て……おかわりなのだ！』

我は【銀太】という素晴らしい名を付けてもらった。とっても良い名じゃ。

ふふふん。スバルよりもカッコいい。

そうスバルに言うと、俺の方がカッコいいぜとケンカになったが。

ティーゴと過ごす日々は、スバルから聞いていた話の何百倍も幸せじゃった。

だって、ただ一緒にいるだけでも幸せなのだから。高貴なるオソロだって作ってくれた。

これは一生の宝物なのだ。

我はこの時、幸せばかりを享受《きょうじゅ》していて、不安と恐怖を知らなかった。

スバルが主の話をする時に、時折見せる悲しそうな顔。その意味を分かっていなかった。

だがある日。

ティーゴが消えたのだ！　我の目の前で。

魔族に連れ去られてしまったのだ。この時初めて恐怖という感情を知った。このままティーゴに会えなくなってしまったらどうしようという不安……。

再会したティーゴは生きてはいたが、後少しでも遅ければ死んでおった。

『良かった……生きていて』

ホッとしたが、この時に気付いてしまった。最愛の主との別れが、いつか訪れることに。

スバルの寂しそうな顔は、永遠の別れ《それ》を思い出していたのであった。

初めはテイムがどんなものか知りたいという興味だけだった。だから寿命の短い人族なら試してみるのに丁度良いとさえ思っていた。

我は分かっていたのに、ちゃんと分かっていなかったのだ。


いつかティーゴが死んでしまうことを考えて、怖くてこっそり泣いた。

こんな気持ちはティーゴに言えない。あやつは優しいからの。

なぜ人族の命はこんなにも短いのだ。ほんの一瞬《ひととき》ではないか。

主《ティーゴ》との時間を、大切に、大切にしようと考えた。だが……。

それでも、やはり別れを想像すると怖いのだ。

時折不安に駆られ泣いてしまう。

だから……だから。

「俺……聖人族《せいじんぞく》になったみたいでさ。寿命が延《の》びちゃった」

そうティーゴの口から聞いた時。我は歓喜《かんき》して泣いた。

ティーゴは驚いておったがの。

ふふ。今思い出しても泣けてくるのだ。


「銀太～！　こんな所に居た。何してたんだ？」

ティーゴのことを考えていたら……本人が我を見つけて走ってきた。

『……うむ？』

ティーゴのことを考えていて、泣きそうになったのだ。とは言えぬし……。ふと見上げると、サクラの花びらが風に散り、ユラユラと美しく舞を踊っている。

ドラゴン渓谷のサクラは本当に美しい。

『サクラを見ていたのだ。落ちてくる桃色の花びらが、この前初めて見た雪のようで綺麗なのだ』

「雪……じゃあこれはサクラ吹雪《ふぶき》ってとこかな。サクラって、ドラゴン渓谷に来て初めて見たけど……綺麗だよな。ふふっ、銀太の頭に花びらが付いてるぜ?」

ティーゴは我の頭を優しく撫でながら、同じようにサクラを見上げる。

「あっそうそう。ドラゴンフルーツを使った新しい甘味をまた考えたんだ。ほらこれ。一緒に食べよう」

『うっ……美味そうなのだ。食べるのだ!』

ああ……我はティーゴと出会えて幸せなのだ。

最高の主にテイムしてもらえて良かった。

ずっと……ずっと一緒なのだ。

あとがき

皆様こんにちは。作者の大福金です。

この度は文庫版『お人好し底辺テイマーがSSSランク聖獣たちともふもふ無双する4』を手に取っていただき、ありがとうございます。

少し寂しいのですが、最終巻となりました。

本作の見所《みどころ》はなんと言っても、キラと銀太やスバル達との友情です。ドラゴン渓谷への旅を続けながら、キラはティーゴ達から嬉しくて泣くことや、楽しい気持ちを学びました。

後半のキラがティーゴ達を助けるシーンの描写《びょうしゃ》は書いていて、涙が出て来てしまいました。もう号泣《ごうきゅう》です。

また、セールスポイントとしては装丁《そうてい》があります。この桜の背景は、私がどうしてもと、お願いして描いてもらいました。仕上がったイラストは、私の想像を遥かに超えていて感動したものです。

さて、私の近況報告なども少しお伝えしますと、最近は「温活」にハマっています。

昔はサウナに入ると三分もサウナルーム内に居られなかったんですが、今では十二分を三セット出来るくらいに身体が慣れてきました。加えて、サウナハットも買っちゃいました。さらには岩盤浴《がんばんよく》にホットヨガにまで手を出し、汗をいっぱいかく日々を送っています。

これにより、良い恩恵《おんけい》が生まれてきました。私の基礎代謝《きそたいしゃ》と体温が上がったせいなのか、体調を崩すことがなくなりました。

代謝が良くなったため太りにくくもなりました。温活は私にとってとても相性が良い活動と言えそうです。

これからも温活を続けてみようかなと思っています。


最後になりますが、最高の装丁や挿絵を描いてくださったイラストレーターのたく様、出版にあたり力を貸していただいたアルファポリスの編集者の皆様、そしてティーゴ達を応援してくれている読者の方々に、心よりお礼を申し上げます。

二〇二四年五月　大福金

ネットで人気爆発作品が続々文庫化

アルファライト文庫 大好評発売中!!

魔法スキルが全ての世界に転生したのに

才能ゼロ!? もうダメかと思ったら…… モンスターを解体して

スキル奪い放題！

最強の職業は解体屋です！ 1

ゴミだと思っていたエクストラスキル『解体』が実は超有能でした

服田晃和 FUKUDA AKIKAZU　illustration ひげ猫

モンスターを狩って、解体して
スキルやアイテムを集めまくろう!

建築会社勤務で廃屋を解体していた男は、大量のゴミに押し潰され突然の死を迎える。そして死後の世界で女神様と巡り合い、アレクという名でファンタジー世界に転生することとなった。ところが、アレクの職業は異世界では底と目される『解体屋』。貴族に生まれたものの、魔法が使えず実家から追放さてしまう――。底辺から人生大逆転異世界ファンタジー、待望の文庫化！

文庫判　定価：671円（10%税込）　ISBN：978-4-434-33734-5

アルファライト文庫

この作品に対する皆様のご意見・ご感想をお待ちしております。

おハガキ・お手紙は以下の宛先にお送りください。

【宛先】

〒150-6019 東京都渋谷区恵比寿 4-20-3 恵比寿ガーデンプレイスタワー 19F
（株）アルファポリス　書籍感想係

メールフォームでのご意見・ご感想は右のＱＲコードから、
あるいは以下のワードで検索をかけてください。

アルファポリス　書籍の感想　検索

ご感想はこちらから

本書は、2023 年 3 月当社より単行本として
刊行されたものを文庫化したものです。

お人好《ひとよ》し底辺《ていへん》テイマーが SSS ランク聖獣《せいじゅう》たちともふもふ無双《むそう》する 4

大福金（だいふくきん）

2024年 5月 31日初版発行

文庫編集－中野大樹／宮田可南子
編集長－太田鉄平
発行者－梶本雄介
発行所－株式会社アルファポリス
〒150-6019東京都渋谷区恵比寿4-20-3恵比寿ガーデンプレイスタワー19F
TEL 03-6277-1601（営業） 03-6277-1602（編集）
URL https://www.alphapolis.co.jp/
発売元－株式会社星雲社（共同出版社・流通責任出版社）
〒112-0005東京都文京区水道1-3-30
TEL 03-3868-3275
装丁・本文イラスト－たく
文庫デザイン―AFTERGLOW
（レーベルフォーマットデザイン－ansyyqdesign）
印刷－中央精版印刷株式会社

価格はカバーに表示されてあります。

落丁乱丁の場合はアルファポリスまでご連絡ください。

送料は小社負担でお取り替えします。


ISBN978-4-434-33884-7 C0193